# 企业新三板上市实务及投资指南

张鸿儒 著

地震出版社

**图书在版编目(CIP)数据**

企业新三板上市实务与投资指南 / 张鸿儒著. —北京:地震出版社,2012.5

ISBN 978-7-5028-4050-1

Ⅰ.①企···Ⅱ.①张···Ⅲ.①上市公司—企业管理—研究—中国Ⅵ.①F279.246

中国版本图书馆 CIP 数据核字(2012)第 053730 号

地震版　XM2664

# 企业新三板上市实务及投资指南

张鸿儒　著

责任编辑：朱　叶

责任校对：孔景宽

出版发行：地震出版社

北京民族学院南路 9 号　　　　　　邮编：100081

发行部：68423031　　68467993　　传真：88421706

门市部：68467991　　　　　　　　传真：68467991

总编室：68462709　　68423029　　传真：68455221

证券图书事业部：68426052　68470332

http://www.dzpress.com.cn

E-mail:zqbj68426052@163.com

经销：全国各地新华书店

印刷：三河市鑫利来印装有限公司

版(印)次：2012 年 5 月第一版　　2012 年 5 月第一次印刷

开本：787×1092　　1/16

字数：161 千字

印张：10.5

书号：ISBN 978-7-5028-4050-1/F(4728)

定价：28.00 元

# 前　言

当今企业经营具有跳跃式发展的可能，这是全球经济一体化，信息全球化的必然结果。企业面对激烈的竞争环境，单靠自身积累，难以快速形成规模优势，不快速形成规模优势一夜之间就可能被竞争对手打败。所以说，没有融资的积累是低效率的积累。中、小、微型企业要实现快速超常规发展，必须把积累的界限拓宽，在新三板上市是实现快速超常发展的有效途径之一。

其实，中、小、微型企业上市新三板不仅仅是为了钱，而是为了一个完整的商业计划，是融资、品牌、营销、扩大市场、拉动产业升级、推动技术成果向市场的快速转化、促进资金流流速加快、加强在市场竞争中行业所处的地位等。

2006 年 1 月 23 日，中关村科技园区非上市股份有限公司股份报价转让系统正式在"代办股份转让系统"推出。为与"代办股份转让系统"上原有板块区分，称原板块 STAQ、NET 系统挂牌公司和主板退市公司为"老三板"，称新板块中关村科技园区非上市股份有限公司股份报价转让系统为"新三板"。

虽然新三板是在深圳证券交易所挂牌上市，但其真正面目应当是场外交易市场，准确的定义应当是场外交易电子柜台交易板。由于是在深圳证券交易所挂牌上市，所以又有一些场内交易的色彩。其主要功能体现在融资、宣传、规范财务、规范经营等上面。

新三板作为我国全方位资本市场不可或缺的重要组成部分，以扶植中小微型创新企业发展为己任，是创新企业成长的摇篮。

新三板是和美国 OTCBB 相同的证券市场，中国中小微型企业到美国 NASDAQ（纳斯达克）上市，基本都是先采用"买壳"方式到 OTCBB 市场上市，融到资后企业经过培育壮大，达到相关条件后再申请转板到 NASDAQ 上市。我国新三板市场拟引入的做市商制度是和 NASDAQ 市场相同。

目前，新三板试点已经 6 年，有望在 2012 年结束试点。同时，新三板试点结束后有望在全国的国家级高新产业园区开放，形成真正全国统一的新三板证券交易市场：即场外交易电子柜台高新技术企业股份转让市场。区别于区域性较强的场外交易之产权交易所和场外交易之股权交易所、大宗商品电子交易，以及其他形式场外交易。

本书内容只是作者观点，不构成对读者的实质性投资建议，如果您有相关问题及投资方面事宜请来电探讨，电话：13801042685，邮箱：13801042685@139.com

张鸿儒

2012 年 3 月

# 目 录

# 第一章　新三板市场

# 一、新三板证券市场概述

证券市场按证券进入市场的顺序可以分为发行市场和交易市场。发行市场称为一级市场，交易市场称为二级市场。

不过，一级市场和二级市场与主板市场、二板市场、三板市场是完全不同的概念。

一般而言，各国主要的证券交易所代表着国内主板主场。例如，美国全美证券交易所(AMEX)即为美国主板市场。在我国，上海证券交易所和深圳证券交易所是中国大陆主板市场。

一板市场，也称主板市场，是指传统意义上的证券市场，通常指股票市场，是一个国家或地区证券发行、上市及交易的主要场所。

主板市场先于创业板市场产生，二者既相互区别又相互联系，是多层次资本市场的重要组成部分。相对创业板市场而言，主板市场是资本市场中最重要的组成部分，很大程度上能够反映经济发展状况，有"国民经济晴雨表"之称。主板市场对发行人的营业期限、股本大小、盈利水平、最低市值等方面的要求标准较高，上市企业多为大型成熟企业，具有较大的资本规模以及稳定的盈利能力。上海证券交易所和深圳证券交易所的 A 股市场是中国大陆主板市场。

二板市场，也称创业板市场，是一国证券主板市场之外的证券交易市场，它的明确定位是为具有高成长性的中小企业和高科技企业融资服务，是针对中小企业的资本市场。与主板市场相比，在二板市场上市的企业标准和上市条件相对较低，更容易上市进入资本市场募集发展所需资金。二板市场的建立，能直接推动中小高科技企业的发展。

二板市场具有前瞻性、高风险、监管要求严格、具有明显的高技术产业导向等特点。国际上成熟的证券市场与新兴市场大都设有这类股票市场，国际上最有名的二板市场是美国纳斯达克市场，中国大陆的二板市场指的是创业板。

三板市场，也称"代办股份转让系统"。是指经中国证券业协会批准，由具有代办非上市公司股份转让业务资格的证券公司采用电子交易方式，为非上市公司提供的特别转让服务。其作用是发挥证券公司的中介机构作用，充分利用代办股份转让系统现有的证券公司网点体系，方便投资者的股份转让，为投资者提供高效率、标准化的登记和结算服务，保障转让秩序，依托代办股份转让系统的技术服务系统，避免系统的重复建设，降低市场运行成本和风险，减轻市场参与者的费用负担。

"代办股份转让系统"，作为中国多层次证券市场体系的一部分，于2001年7月16日正式开办。

"代办股份转让系统"，也即常说的股权交易市场。是"场外交易市场"(Over the Counter Market；OTC Market)，简称OTC市场，或称"场外交易电子柜台交易板"。

场外交易是指非上市或上市的证券，不在交易所内进行交易而在场外市场进行交易的活动。又称"店头交易"或"柜台交易"。

当时的三板证券市场是由全国证券交易自动报价系统STAQ和NET组成。STAQ是指全国电子交易系统，英文译名：Securities Trading Automated Quotations System 的缩写或简称为STAQ系统。NET是指全国电子交易系统，英文译名：National Exchange and Trading System 的缩写NETS或简称为NET系统。

1990年12月5日，全国证券交易自动报价系统(STAQ系统)正式开始运行。STAQ系统是一个基于计算机网络进行有价证券交易的综合性场外交易市场。系统中心设在北京，连接国内证券交易比较活跃的大中城市，为会员公司提供有价证券的买卖价格信息以及结算等方面的服务，使分布在各地的证券机构能高效、安全地开展业务。

在当时，STAQ系统的建立，推动了全国证券市场的发展，便于异地证券机构间的沟通。STAQ系统在交易机制上普遍采用了做市商制度。

1992年7月1日法人股流通转让试点在STAQ系统开始试运行，开创了法人股流通市场。

NET系统是由中国证券交易系统有限公司(简称中证交)开发设计，并于 1993 年 4 月 28 日投入试运行。该系统中心设在北京，利用覆盖全国 100 多个城市的卫星数据通讯网络连接起来的计算机网络系统，为证券市场提供证券的集中交易及报价、清算、交割、登记、托管、咨询等服务。NET 系统由交易系统、清算交割系统和证券商业务系统这三个子系统组成。

当时，在 NET 系统进行交易的只有中兴实业、东方实业、建北集团、广州电力、湛江供销、广东广建和南海发展等 7 只股票，市场规模较小。按有关规定，凡具备法人资格且能出具有效证明的境内企业、事业单位以及民政部门批准成立的社会团体，均可用其依法可支配的资金，通过一个 NET 系统证券商的代理，参与法人股交易。由此在全国形成了上海、深圳两个证券交易所和 STAQ、NET 两个计算机网络构成的"两所两网"的证券交易市场格局。但由于多方面的原因，STAQ 和 NET 两个交易系统日益萎缩，上市公司效益也不尽人意。于 1999 年 9 月 9 日，这两个系统停止运行。

之后，为妥善解决原 STAQ、NET 系统挂牌公司流通股的转让问题，2001 年 6 月 12 日经中国证监会批准，中国证券业协会发布《证券公司代办股份转让服务业务试点办法》，代办股份转让工作正式启动，7 月 16 日第一家股份转让公司挂牌。由中国证券业协会出面，协调部分证券公司设立的代办股份转让系统，被称之为"三板"。

为解决退市公司股份转让问题，2002 年 8 月 29 日起退市公司纳入代办股份转让试点范围。三板市场一方面为退市后的上市公司股份提供继续流通的场所，另一方面也解决了原 STAQ、NET 系统历史遗留的数家公司法人股流通问题。由于在"三板"中挂牌的股票品种少，且多数质量较低，因此很难吸引投资者，多年被冷落。

但是，2006 年《证券公司代办股份转让系统中关村科技园区非上市股份有限公司股份报价转让试点办法》的公布，使得位于北京的中关村科技园区非上市股份有限公司也进入代办股份转让系统进行试点。

由于中关村科技园区非上市股份有限公司股份报价转让系统的挂牌上市公司都是高新技术公司，具有较好的成长性，与三板上的原法人股交易系统 STAQ、NET 系统挂牌公司和从主板退市的公司不同，为了区分三板证券市场上的这二个板块，就称"原法人股交易系统 STAQ、NET 系统挂牌公司和从主板退市的公司"为"老三板"。称专门为高新技术企业股份报价转让试点开设的"非上市股份有限公司股份报价转让系统"为"新三板"。当前(结止 2011 年 12 月 10 日),只有"中关村科技园区非上市股份有限公司具有在新三板挂牌的资格",仍然是试点阶段。所以,有些时候也称目前的新三板为"中关村科技园区非上市股份有限公司股份报价转让系统"。不过,新三板将来试点扩容后或试点结束在全国正式推出后,"中关村科技园区非上市股份有限公司股份报价转让系统"只是新三板的一个板块。

例如:新三板试点结束在全国正式推出后,目前全国的 88 家国家级高新区都会成为当地的"非上市股份有限公司股份报价转让系统"。这 88 家国家级高新区将形成 88 个不同地区的新三板板块,而"中关村科技园区非上市股份有限公司股份报价转让系统"只是这些板块中的一个。

综上所述,三板证券市场的构成包括老三板市场和新三板市场两个部分。

(1)老三板市场包括:原 STAQ、NET 系统挂牌公司和主板退市公司。

(2)新三板市场是指自 2006 年 1 月 23 日起,专门为高新技术企业开设的国家级科技园区非上市股份有限公司股份报价转让系统。

(3)老三板证券市场上的股票,与新三板证券市场上的股票无关。老三板与新三板的股票(股权)转让交易规则也不相同。

截至 2011 年 12 月 10 日,老三板共有 56 家挂牌企业。

截至 2011 年 12 月 31 日,新三板共有 102 家挂牌企业,其中有 5 家已转创业板。

新三板是从 2006 年 1 月 23 日,中关村科技园区非上市股份有限公司股份报价转让系统试点正式启动时开始的。因与"老三板"标的明显不同,被称为"新三板"。新三板与老三板最大的不同是配对成交,新三板现在设置的涨跌幅度是 30%,超过此幅度要公开买卖双方信息。也可以说,三板证券市场这时被分成两个板块,即老三板与新三板。

因此,新三板市场是有别于老三板市场而言,老三板市场包括:原法人股交易系统 STAQ、NET 系统挂牌公司和从主板退市的公司。新三板则指于 2006 年 1 月 23 日正式启动,是专门为高新技术企业股份报价转让的"非上市股份有限公司股份报价转让系统"。

在目前,新三板市场,特指中关村科技园区非上市股份有限公司进入代办股份系统进行转让试点,挂牌企业均为高科技企业,不同于原转让系统内的退市企业及原 STAQ 、NET 系统挂牌公司。

新三板市场由中国证监会、国家科技部批准设立,是专门为国家级高新技术园区的高科技公司服务的股份交易平台。

经过 6 年的发展,新三板市场取得了一定的成绩。截至 2011 年 12 月 31 日,不把已转板上市的公司算在内,新三板市场现有挂牌公司 97 家,公司都属于国家重点支持的高新技术领域。

虽然新三板是在深圳证券交易所挂牌上市,但其真正场外交易市场的面目是不能改变的,其准确的定义为:场外交易电子柜台交易板。

由于目前新三板场外证券市场是在深圳证券交易所挂牌上市,所以又有一些场内交易的色彩。

总之,新三板只是业界为与老三板区分的俗称,其正式名称还是"代办股份转让系统"。是场外交易(OTC)电子柜台交易板的品种之一。

截止 2012 年 1 月,新三板仍然处在试点阶段,还在探索的过程中。

新三板区别于同市场的老三板,也区别于主板、中小板以及创业板,作为我国全方位资本市场不可或缺的重要组成部分,新三板以扶植中小微创新企业为己任,是创新企业成长的摇篮。可以坚信,从 2012 年开始,新三板必将进入加速发展的新时期。


# 二、新三板交易制度


新三板目前使用的是协商议价的委托报价模式,投资者买卖双方在场外自由对接,协议并确定买卖意向,再回到新三板市场,委托主办券商办理申报、确认成交并结算;或买卖双方向主办券商做出定价委托,委托主办券商按其指定的价格买卖不超过其指定数量的股份。

但新三板目前的中关村代办股份转让系统试点结束后，交易改为做市商制度的可能性较大，届时交易将更为活跃。

2009年7月6日起施行的《证券公司代办股份转让系统中关村科技园区非上市股份有限公司股份报价转让试点办法(暂行)》中规定，目前国内新三板市场交易制度包含如下主要内容：

**(一) 一般规定**

(1)在新三板挂牌上市公司的股份必须通过代办系统转让，法律、行政法规另有规定的除外。

(2)投资者买卖挂牌公司股份，应持有中国证券登记结算有限责任公司深圳分公司人民币普通股票账户。

(3)投资者买卖挂牌公司股份，须委托主办券商办理。投资者卖出股份，须委托代理其买入该股份的主办券商办理。如需委托另一家主办券商卖出该股份，须办理股份转托管手续。

(4)挂牌公司股份转让时间为每周一至周五上午9:30～11:30，下午13:00～15:00。遇法定节假日和其他特殊情况，暂停转让。

(5)投资者买卖挂牌公司股份，应按照规定交纳相关税费。

**(二) 委托**

(1)投资者买卖挂牌公司股份，应与主办券商签订代理报价转让协议。

(2)投资者委托分为意向委托、定价委托和成交确认委托。委托当日有效。

意向委托是指投资者委托主办券商按其指定价格和数量买卖股份的意向指令，意向委托不具有成交功能。

定价委托是指投资者委托主办券商按其指定的价格买卖不超过其指定数量股份的指令。

成交确认委托是指投资者买卖双方达成成交协议，或投资者拟与定价委托成交，委托主办券商以指定价格和数量与指定对手方确认成交的指令。

(3)意向委托、定价委托和成交确认委托均可撤销，但已经报价系统确认成交的委托不得撤销或变更。

(4)意向委托和定价委托应注明证券名称、证券代码、证券账户、买卖方向、买卖价格、买卖数量、联系方式等内容。

成交确认委托应注明证券名称、证券代码、证券账户、买卖方向、成交价格、成交数量、拟成交对手的主办券商等内容。

(5)委托的股份数量以"股"为单位，每笔委托股份数量应为 3 万股以上。投资者证券账户某一股份余额不足 3 万股的，只能一次性委托卖出。

(6)股份的报价单位为"每股价格"。报价最小变动单位为 0.01 元。

### (三) 申报

(1)主办券商应通过专用通道，按接受投资者委托的时间先后顺序向报价系统申报。

(2)主办券商收到投资者卖出股份的意向委托后，应验证其证券账户，如股份余额不足，不得向报价系统申报。

主办券商收到投资者定价委托和成交确认委托后，应验证卖方证券账户和买方资金账户，如果卖方股份余额不足或买方资金余额不足，不得向报价系统申报。

(3)主办券商应按有关规定保管委托、申报记录和凭证。

### (四) 成交

(1)投资者达成转让意向后，可各自委托主办券商进行成交确认申报。投资者拟与定价委托成交的，可委托主办券商进行成交确认申报。

(2)报价系统收到主办券商的定价申报和成交确认申报后，验证卖方证券账户。如果卖方股份余额不足，报价系统不接受该笔申报，并反馈至主办券商。

(3)报价系统收到拟与定价申报成交的成交确认申报后，如系统中无对应的定价申报，该成交确认申报以撤单处理。

(4)报价系统对通过验证的成交确认申报和定价申报信息进行匹配核对。核对无误的，报价系统予以确认成交，并向证券登记结算机构发送成交确认结果。

(5)多笔成交确认申报与一笔定价申报匹配的，按时间优先的原则匹配成交。

(6)成交确认申报与定价申报可以部分成交。

成交确认申报股份数量小于定价申报的，以成交确认申报的股份数量为成交股份数量。定价申报未成交股份数量不小于 3 万股的，该定价申报继续有效；小于 3 万股的，以撤单处理。

成交确认申报股份数量大于定价申报的，以定价申报的股份数量为成交股份数量。成交确认申报未成交部分以撤单处理。

### (五) 结算

(1)主办券商参与非上市公司股份报价转让业务，应取得证券登记结算机构的结算参与人资格。

(2)股份和资金的结算实行分级结算原则。证券登记结算机构根据成交确认结果办理主办券商之间股份和资金的清算交收。

主办券商负责办理其与客户之间的清算交收。

主办券商与客户之间的股份划付，应当委托证券登记结算机构办理。

(3)证券登记结算机构按照货银对付的原则，为非上市公司股份报价转让提供逐笔全额非担保交收服务。

(4)证券登记结算机构在每个报价日终根据报价系统成交确认结果，进行主办券商之间股份和资金的逐笔清算，并将清算结果发送各主办券商。

(5)主办券商应根据清算结果在最终交收时点之前向证券登记结算机构划付用于交收的足额资金。

(6)证券登记结算机构办理股份和资金的交收，并将交收结果反馈给主办券商。

由于股份或资金余额不足导致的交收失败，证券登记结算机构不承担法律责任。

(7)投资者因司法裁决、继承等特殊原因需要办理股份过户的，依照证券登记结算机构的规定办理。

### (六) 报价和成交信息发布

(1)股份转让时间内，报价系统通过专门网站和代办股份转让行情系统发布最新的报价和成交信息。

主办券商应在营业网点揭示报价和成交信息。

(2)报价信息包括：委托类别、证券名称、证券代码、主办券商、买卖方向、拟买卖价格、股份数量、联系方式等。

成交信息包括：证券名称、证券代码、成交价格、成交数量、买方代理主办券商和卖方代理主办券商等。

**(七) 暂停和恢复转让**

(1)挂牌公司向中国证券监督管理委员会申请公开发行股票并上市的，主办券商应当自中国证券监督管理委员会正式受理其申请材料的次一报价日起暂停其股份转让，直至股票发行审核结果公告日。

(2)挂牌公司涉及无先例或存在不确定性因素的重大事项需要暂停股份报价转让的，主办券商应暂停其股份报价转让，直至重大事项获得有关许可或不确定性因素消除。

因重大事项暂停股份报价转让时间不得超过 3 个月。暂停期间，挂牌公司至少应每月披露一次重大事项的进展情况、未能恢复股份报价转让的原因及预计恢复股份报价转让的时间。

**(八) 终止挂牌**

挂牌公司出现下列情形之一的，应终止其股份挂牌：

(1)进入破产清算程序。

(2)中国证券监督管理委员会核准其公开发行股票申请。

(3)北京市人民政府有关部门同意其终止股份挂牌申请。

(4)协会规定的其他情形。

# 三、新三板交易制度特点

2009 年 7 月 6 日起实施的《证券公司代办股份转让系统中关村科技园区非上市股份有限公司股份报价转让试点办法(暂行)》中规定，参与挂牌公司股份报价转让的投资者，可以是下列人员或机构。

(1)机构投资者，包括法人、信托、合伙企业等。

(2)公司挂牌前的自然人股东。

(3)通过定向增资或股权激励持有公司股份的自然人股东。

（4）因继承或司法裁决等原因持有公司股份的自然人股东。

（5）协会认定的其他投资者。

需注意：投资者应当具备相应的风险识别和承担能力，挂牌公司自然人股东只能买卖其持股公司的股份。

自然人投资者，只能买卖其在代办股份转让系统持有或曾持有股份的挂牌公司股份。自然人投资者全部卖出所持挂牌公司股份后，仍可以买入该公司股份。

主办券商应当勤勉尽责地开展报价转让业务，对自然人投资者买卖挂牌公司股份的合规性进行监督。

主办券商与自然人投资者签署报价转让委托协议书前，应充分了解其财务状况和投资需求、揭示投资风险，对自然人投资者身份证、证券账户卡、持有挂牌公司股份相关证明资料或法律文书进行核查，对不符合《试点办法》规定的自然人投资者，不得与其签署报价转让委托协议书。

主办券商与自然人投资者签署报价转让委托协议书时，应告知其只能买卖"持股公司股份"，不得买卖"持股公司股份"外的其他挂牌公司股份。

交易制度对个人投资者参与新三板市场交易予以限制，主要目的是保护个人投资者的合法权益，引导个人投资者理性参与新三板市场证券投资，促进新三板市场健康发展。

参与新三板市场的交易主体必须为机构投资者，开户资金一般要求在50万以上。个人投资者，只能对已持股公司进行增持或减持。对于机构投资者，现行交易制度未做限制。

不过，委托与成交方式具有明显的场外市场特色。新三板市场现行交易制度规定，投资者可以采用意向委托、定价委托和成交确认委托三种方式委托主办券商买卖股份。

其中，意向委托不具有成交功能。投资者在意向委托的基础上达成转让意向后，买卖双方可通过成交确认委托方式成交，投资者也可通过成交确认委托与对手方的定价委托成交。

虽然现行交易制度规定，投资者买卖挂牌公司股份必须通过证券公司代办股份转让系统转让，采用集中交易模式，但是新三板市场的委托与成交方式体现了以议价方式进行股份交易的场外市场交易特征，这与沪深证券交易所所采用的集中竞价交易方式有明显区别。

新三板市场现行交易制度规定，投资者委托的股份数量以"股"为单位，每笔委托股份数量应为 3 万股以上。投资者证券账户某一股份余额不足 3 万股的，只能一次性委托卖出。

在新三板市场挂牌的股份有限公司不能公开发行股份，按照《中华人民共和国证券法》第十条规定，公开发行证券，必须符合法律、行政法规规定的条件，并依法报经国务院证券监督管理机构或者国务院授权的部门核准；未经依法核准，任何单位和个人不得公开发行证券。有下列情形之一的，为公开发行：

(1)向不特定对象发行证券。

(2)向累计超过 200 人的特定对象发行证券。

(3)法律、行政法规规定的其他发行行为。非公开发行证券，不得采用广告、公开劝诱和变相公开方式。

所以，在新三板挂牌上市的公司股东数量不能超过 200 人。

参与股份报价转让，除股票投资的共有风险外，还应特别关注以下风险。

(1)公司风险：部分挂牌公司规模较小，对单一技术和核心技术人员的依赖度较高，受技术更新换代影响较大，抗市场风险和行业风险的能力较弱，主营业务收入可能波动较大。

(2)流动性风险：股份报价转让采用协议转让方式，存在一定时间内无法成交的可能性。

(3)信息风险：挂牌公司信息披露要求和标准低于上市公司的信息披露标准，投资者不应完全依赖挂牌公司所披露的信息做出投资决策。

(4)信用风险：报价转让业务不实行担保交收，可能因其交易对手方的原因导致无法完成交收。

# 四、新三板交易制度有待完善

目前，新三板的交易制度需要完善。

第一，需要引入做市商制度。

做市商的作用主要表现在三个方面：

(1)做市商制度有利于增强市场的透明度。

(2)做市商制度有利于维持市场价格和交易的稳定性。

(3)做市商制度有利于提高市场的流动性。

而且做市商在企业估值方面的作用也较明显，在新三板挂牌上市的公司都是高新企业，具有较强的创新性，创新一旦成功可以为企业带来高额利润。但是，创新转化成功的概率很低，创新一旦失败，企业将会遭受巨大损失。因此，创新型企业的业绩波动较大，导致投资人对股票价格准确估值较难。主要表现在，对估值对象的内幕信息不了解。仅仅依靠上市公司的信息披露，是不足以支持投资者对上市公司进行准确估值的。这时，如果由做市商对企业进行持续跟踪，掌握企业和股票的内幕信息，进而才能合理估值和报价。而且做市商掌握内幕信息后，会将其反应到报价上。掌握内幕信息的做市商，会比一般投资者有更大把握对上市公司进行估值。

但是，由于做市商特殊的交易制度，做市商对持续双向报价、持仓量有严格的上下限，导致其必须尽快将其掌握的内幕信息反应在对上市公司的双向报价上，这就接近于让全体投资者在利用内幕信息进行估值。

在做市商制度下，虽然没有委托的汇总机制，但由于做市商对市场信息的了解程度远远胜过普通投资者，可以对包括上市公司在内的信息来源进行各方面的汇总分析，事实上就提高了市场的透明度。

第二，需要尽快确定退市制度。

只有上市制度，没有退市制度，也就是没有退市标准，将导致市场的发展不健康。所以说，相关部门应当尽快确定退市制度。由于新三板的准入门槛较低，因此退市制度要严于创业板，只有加快推出新三板退市制度才能更有利于市场健康发展。

因为，退市制度对提高新三板上市公司整体质量，形成优胜劣汰的市场机制将发挥积极作用。新三板作为我国全新的场外证券市场，尽快探索建立符合我国资本市场实际的退市制度，将有利于培育投资者和整个市场的风险意识，遏制投机炒作行为，形成以业绩为基础的投资理念，维护市场正常秩序，从根本上保护投资者的利益。

第三，现在的新三板只有机构投资者才可以开户交易，不是股东的个人投资者还不能开户在新三板上进行买卖，即使是股东的投资者，也只能买卖持有股票公司的股票。所以，应当引入个人投资者，使这个市场尽快活跃起来。

新三板从原理上讲，属于一级证券市场，其交易属于股权收购、兼并，买方发现目标公司后对目标公司进行价值评估，并在适合自己的价位发出买入指令等待成交。如果这种交易行为只局限于机构与机构之间，就会缺少投机交易。而投机交易可使市场活跃，能够使有人买时有人卖，有人卖时有人买。市场机制决定市场行为，资本运作的本质就具有投机的含义。投机的实质是一种经营，一种精明的经营行为和投资行为，是资本运作的高级阶段。因此说，目前新三板市场的不活跃，就是缺少投机行为。也是基于此，新三板引入个人投资者的呼声越来越高。个人投资者如果能够进入新三板市场交易，进行股权（股票）买卖，也是正确引导民间资本进入资本市场的途径。

特别是在引入做市商制度后，如果投机交易氛围不够，很可能导致做市商被股东。当然，投机交易是要受到监控的，不能过度投机才能使市场健康发展。因此，新三板市场应当引入适当的投机交易。

第四，目前新三板市场还没有直接转板制度，而是达到IPO条件时申请IPO。新三板证券市场需要确定直接转板制度，要与现在的IPO不同，是能够直接对接主板、中小板、创业板的转板。

让在新三板上市的公司一旦各项指标，达到主板、中小板、创业板的上市要求，有直接转板通道。只要通过培育，达到主板、中小板、创业板的上市要求的公司，不用在从新IPO申请与排队，可直接申请备案转板，这会大大提高新三板的发展速度。

提供绿色通道可理解为，达到主板、中小板、创业板的上市标准后，可直接向交易所申请转板，实行备案制，无需行政审批。

第五，目前，在新三板挂牌上市交易的公司有200人的股东限制，这是制约新三板市场发展的因素。

因为这会限制更多新三板挂牌公司股权进入交易市场，最终也会影响新三板交易的活跃程度，也很难体现发现价格的功能。并且会出现主办券商很难促成交易，将直接导致融资难。在新三板上市的公司，其内部股东人数不得超过200人，否则将会被视为公开发行，由此新三板挂牌上市公司投资人数受到严格限制。

人数受到限制的另一弊端，当增发股票数额较大时，有可能被少数人认购，公司控制人的地位无形中将受到威胁，也有可能影响公司发展。

新三板以机构投资者为主，自然人投资受限。根据现行规定，自然人仅限于公司挂牌前的自然人股东、通过定向增资或股权激励持有公司股份的自然人股东、因继承或司法裁决等原因持有公司股份的自然人股东。在此情形下，与场内市场相比，将自然人拒之门外，新三板无疑缺少了大量可以活跃交易市场的投资主体。

说到这里，就可想而知了，要想200人的股东限制取消，股东人数可以突破200人以上，只有法律、法规上有所突破才能实现。

特别是做市商制度推出后，做市商必须持续双向报价，一旦市场交易清淡，参与买入的投资者少，挂牌上市公司卖出的多，做市商有可能被股东，由于流动性不足，会导致买入的股票少于卖出的股票，做市商就要不断降低买入报价，价格不断下降也会导致股东持股信心下降，生怕股价越来越低而不断在低价持续卖出。而做市商连续报出的卖出价格也会不断降低，想买入的怕被套也不敢买入，在市场缺少流动性的情况下，参与市场投资或投机的本来就少，即使做市商的卖出报价不断降低，但没有众多投资交易和投机交易的存在，资本市场的快速资本流动性就难以体现。即使价格低也不一定有买家接盘，这时做市商就有可能会在一个阶段内被股东。

总之，其主要特点表现在，市场投资者少导致流动性不高，在做市商持续双向报价报价过程中，一旦长时间卖出方多于买入方，或者没有买入方时，做市商在这一阶段就被股东了。做市商收进来的股票一时半会因无买家导致无法卖出，这种情况一旦出现，说明市场机制不健康。

特别是 200 人的股东限制，假如，一旦出现公司股东卖出股票持续达1000 万股时，按最低买入量 3 万股计算，1000 万股可以卖给 333.33 人，同时也说明这 1000 万股可以由 333.33 人来买入。问题是，新三板上的公司股东不能超过 200 人，超过 200 人就是公开发行股票，是法律不允许的。但是，股东人数被增加到极点后，剩下的股票只能由做市商持有。

因此，推出做市商制度时，必须考虑新三板市场的流动性与做市商成败的关系，毕竟做市商不能长时间亏本赚吆喝。市场资金的流动性是做市商做市成功的前提，总不能一个新三板的上市公司上的几个做市商相互收购，而缺少市场上众多投资或投机的收购。

在市场流动性充分的情况下，做市商的功能才能充分发挥。如果市场流动性不充分，做市商之间相互收购，市场会出现假象，也可能会出现现在议价成交时的假成交价格，如董事长卖给总经理 3 万股，价格是 25 元，成交后行情显示价格 25 元成交量 3 万股，但这不一定是真实的公司业绩反映。

让更多的投资者进入市场，市场流动性才能活跃起来。市场流动性充足才能让新三板规范、健康发展，真正的价值才得到体现。

第六、对主营业务突出的误区。公司改制的一个重要任务就是突出企业的主营业务，从中看企业是否具有可持续经营的能力。

主营业务突出的界定标准，根据中国证券监督管理委员会《关于股票发行工作若干问题的补充通知》(证监字 [1998] 8 号)关于主营业务突出的界定标准问题规定："为了保证上市公司的质量，各地、各部门推选的企业必须主营业务突出。主营业务突出的具体标准是公司主营业务(指某一类业务)收入占其总收入的比例不低于 70%，主营业务利润占利润总额的比例不低于 70%。"

但是，新三板的上市条件中，只是要求挂牌上市的目标公司的主营业务突出，并没有要求财务指标主营业务收入突出的底线。就是说，没有设置主营业务收入的底线。应当说主营业务收入 100 万，其中某一类业务收入占其总收入的比例不低于 70%，主营业务利润占利润总额的比例不低于 70%。就是主营业务突出，就达到了新三板上市条件。

不过，截止 2011 年 12 月 31 日共有 60 家券商取得了新三板主办券商业务资格，每家券商对企业主营业务突出的理解和执行也不同。有的券商却依据《首次公开发行股票并在创业板上市管理办法》规定，照搬创业板，这肯定是门槛过高。有的要求主营业务收入 2000 万以上，这门槛也过高。目前，主办券商对主营业务收入要求低一些的，一般也在 500 万左右。

根据挂牌企业 2010 年年报表数据分析，新三板目前还有 36 家企业符合创业板上市财务要求，其中净利润在 3000 万元以上的公司有 10 家。到 2011 年底的数据公布时，符合创业板上市财务要求的会更多。数据表明，新三板上的公司质量都很高。

应当说，严格把关是对的。可是高新企业的实际情是，发展阶段多为小微企业一点都不为过，几个人搞科研，成果研究出来了没有资金转化。成果没有转化前，经营都是很艰难，每年有几十万的经营收入不亏损就不错。可这样的企业的高新技术一但有资金转化为资本，转化为生产力，创新能力和盈利预期都会较高。

据中关村管委会 2011 年 8 月份完成的一项统计报告，2010 年中关村一区十园内中小微型科技企业共计 15337 家，占总数的 97.6%，其中小型和微型科技企业分别为 6406 家和 7691 家。中关村非上市股份有限公司 400 多家，正在改制及拟改制企业 500 多家。

如果只挑较好的、有实力的高新企业上新三板，上了新三板就有转板可能，那就会失去新三板的宗旨，新三板是以扶植中小微高新企业为己任，是高新企业成长的摇篮。

虽然一级市场的公司成长性较强，但稳定性相对较弱。不过，公司治理结构却参照了主板、创业板上市公司要求，比较严格。这样的企业主要要看持续经营能力和创新能力，盈利预期，不能以当前主营业务收入高低来确定能不能上新三板，这也可能是管理层没有设置主营业务收入底线的原因，是想让更多的高新企业登陆新三板，帮助中小微高新企业更快更好的发展。

因此，应当对主营业务收入的财务指标的底线降低一些，50 万或 100 万，让更多有好技术需要资金发展的中小微企业能够登陆新三板。

第七、新三板证券市场应成为企业产业转型、并购、资本运作的综合性平台。

当前，我国企业在主板、中小板、创业板上市实行通道制，排队等候的企业形同千军万马，很多企业上市在时间上需要三五年，多则要等十几年，很多企业是等不起的。企业的好项目都会因长时间融不到资，很难生存下去。而且，在主板、中小板、创业板买壳(收购)上市成本较高，一般中小微企业难以承担相关的财务成本。因此，买壳(收购)上市新三板对中小微企业来讲，就成为快速达到融资目的的目标。

产业转型是一个综合性的过程，包括了产业在结构、组织和技术等多方面的转型。如果利用新三板进行收购股权(股票)，收购一个成符合产业发展要求的企业，转型成本会很低，成功率会很高，这也是把一个复杂的过程简单化。

通过股权收购上市新三板和通过并购完成新三板上市的目的都一样，是取得其他公司一定程度的控制权，以实现一定经济目标。

通过并购完成新三板上市后，企业规模得到扩大，能够形成有效的规模效应。规模效应能够带来资源的充分利用，资源的充分整合，降低管理、原料、生产等各个环节的成本，从而降低总成本。与并购意义相关的另一个概念是合并，是指两个或两个以上的企业合并成为一个新的企业，合并完成后，多个法人变成一个法人。合并完成后的企业规模扩大的同时，伴随生产力的提高，销售网络的完善，市场份额将会有比较大的提高。从而确立企业在行业中的领导地位。

买壳上市新三板的主体多数应当是有项目但资金不足，目前资金状况有能力收购一家新三板上的公司，或收购一家符合新三板上市条件的公司上市新三板，快速上市融资完成项目。而从注册公司到具备上市的所有条件，需要 2 年时间，在上市需要 6 个多月时间，对收购上市来讲时间周期长，收购上市一般全程有 6～12 个月就可以。

目前，新三板市场还没有显现出这方面的功能，应当尽快完善。

第八、新三板证券市场试点结束后的容量不要设上限。当前，中关村园区就有非上市股份有限公司 400 多家，正在改制及拟改制企业 500 多家，中、小、微型科技企业共计 15337 家。

那么，我国现有 88 家国家级高新园区，加一起会有多少呢？即使其他园区的企业没有中关村的多，在经济不断发展的情况下，更多的企业和更多符合国家级高新园区待批，现有的 88 个园区企业都在期待着新三板。

特别是 2012 年中关村试点了 6 年后结束试点是可以期待的，试点结束后新三板推广面向全国高新园区时，要参与股份转让挂牌上市的公司多起来后，如果设置了容量上限，很可能要将一些合格的、符合要求的企业挡在门外。

所以，新三板试点结束后容量最好不要设上限，让达到要求的中、小、微型企业能上新三板的都要上新三板，在新三板的孵化下规范发展。这对培育企业品牌、信誉、实力、市场环境都有较大好处。

# 五、代办股份转让系统

代办股份转让系统，也称三板，是指以具有代办股份转让资格的证券公司为核心，为非上市公众公司和非公众股份有限公司提供规范股份转让服务的股份转让平台。

我国为妥善解决原 STAQ、NET 系统挂牌公司流通股的转让问题，于 2001 年 6 月 12 日经中国证监会批准，中国证券业协会发布《证券公司代办股份转让服务业务试点办法》，代办股份转让工作正式启动，7 月 16 日第一家股份转让公司挂牌。又于 2002 年 8 月 29 日起，为解决退市公司股份转让问题，退市公司被纳入代办股份转让试点范围。这就是目前"代办股份转让系统"(三板市场)上俗称的"老三板"。

之后，于 2006 年 1 月 23 日《证券公司代办股份转让系统中关村科技园区非上市股份有限公司股份报价转让试点办法》公布，使得中关村科技园区非上市股份有限公司也进入代办股份转让系统，这就是目前"代办股份转让系统"（三板市场）上俗称的"新三板"。

但是，老三板和新三板目前都是试点阶段。

**(一) 老三板是原 STAQ、NET 系统挂牌公司和沪、深证券交易所的退市公司**

老三板的股份转让以集合竞价的方式配对撮合，现股份转让价格不设指数，股份转让价格实行 5% 的涨跌幅限制。

代办股份转让系统根据老三板股份转让公司质量，实行区别对待，股份分类转让。同时满足以下条件的股份转让公司，股份每周转让五次：

(1) 规范履行信息披露义务。

(2) 股东权益为正值或净利润为正值。

(3) 最近年度财务报告未被注册会计师出具否定意见或拒绝发表意见。

上述股东权益为正值，是指最近会计年度经审计的股东权益，扣除注册会计师不予确认的部分后为正值。净利润为正值，是指最近会计年度经审计的扣除非经常性损益后的净利润为正值。

股东权益和净利润均为负值，或最近年度财务报告被注册会计师出具否定意见或拒绝发表意见的公司，其股份每周转让三次。

未与主办券商签订委托代办股份转让协议，或不履行基本信息披露义务的公司，其股份实行每周星期五集合竞价转让一次的方式。

投资者可以从股票简称上识别股份每周转让的次数，股票简称最后的一个字符上标识股份转让的次数。每周一、二、三、四、五各转让一次，每周转让五次的股票，股票简称最后的一个字符为阿拉伯数字"5"；每周一、三、五各转让一次，每周转让三次的股票，股票简称最后的一个字符为阿拉伯数字"3"；仅于每周星期五转让一次的股票，股票简称最后的一个字符为阿拉伯数字"1"。

转让委托申报时间为上午 9：30～11：30，下午 1：00～3：00；之后以集合竞价方式进行集中配对成交，涨跌停板限制为 5%。

代办股份转让是独立于证券交易所之外的一个系统，投资者在进行股份委托转让前，需要开立非上市股份有限公司股份转让账户。

截至 2011 年 12 月 25 日，老三板共有 56 家挂牌企业，股票代码、名称、上市日期见下表。

表 1-1 截止 2011 年 12 月 25 日的老三板企业

| 股票代码 | 股票简称 | 上市日期 |
|---|---|---|
| 400001 | 大自然 5 | 2001 年 7 月 16 日 |
| 400002 | 长白 5 | 2001 年 7 月 16 日 |
| 400005 | 海国实 5 | 2001 年 8 月 27 日 |
| 400006 | 京中兴 5 | 2001 年 8 月 24 日 |
| 400007 | 华凯 3 | 2001 年 8 月 24 日 |
| 400008 | 水仙 A3 | 2001 年 12 月 10 日 |
| 400009 | 广建 1 | 2001 年 12 月 26 日 |
| 400010 | 鹭峰 5 | 2002 年 6 月 5 日 |
| 400011 | 中浩 A3 | 2002 年 10 月 25 日 |
| 400012 | 粤金曼 1 | 2002 年 9 月 20 日 |
| 400013 | 港岳 1 | 2002 年 9 月 27 日 |
| 400016 | 金田 A3 | 2004 年 1 月 16 日 |
| 400017 | 国嘉 1 | 2004 年 3 月 17 日 |
| 400018 | 银化 3 | 2004 年 5 月 12 日 |
| 400019 | 九州 1 | 2004 年 5 月 21 日 |
| 400020 | 五环 1 | 2004 年 5 月 26 日 |
| 400021 | 鞍一工 3 | 2004 年 5 月 26 日 |
| 400022 | 海洋 3 | 2004 年 5 月 21 日 |
| 400023 | 南洋 3 | 2004 年 5 月 28 日 |
| 400025 | 宏业 3 | 2004 年 5 月 28 日 |
| 400026 | 中侨 1 | 2004 年 5 月 26 日 |
| 400027 | 生态 1 | 2004 年 5 月 28 日 |
| 400028 | 鑫光 1 | 2004 年 5 月 26 日 |
| 400029 | 汇集 3 | 2004 年 11 月 19 日 |
| 400030 | 北科 1 | 2004 年 11 月 22 日 |
| 400031 | 鞍合成 1 | 2004 年 11 月 22 日 |
| 400032 | 石化 A1 | 2004 年 11 月 26 日 |
| 400033 | 斯达 1 | 2004 年 12 月 1 日 |
| 400035 | 比特 3 | 2004 年 12 月 3 日 |
| 400036 | 环保 1 | 2004 年 12 月 1 日 |
| 400037 | 达尔曼 3 | 2005 年 6 月 3 日 |

| 股票代码 | 股票简称 | 上市日期 |
|---|---|---|
| 400038 | 华信 3 | 2005 年 9 月 5 日 |
| 400039 | 华圣 1 | 2005 年 10 月 12 日 |
| 400040 | 中川 3 | 2005 年 11 月 23 日 |
| 400041 | 数码 3 | 2005 年 11 月 25 日 |
| 400042 | 信联 1 | 2005 年 11 月 28 日 |
| 400043 | 长兴 1 | 2005 年 11 月 28 日 |
| 400044 | 哈慈 3 | 2005 年 11 月 29 日 |
| 400045 | 猴王 1 | 2005 年 11 月 28 日 |
| 400046 | 大菲 1 | 2005 年 11 月 28 日 |
| 400048 | 龙科 1 | 2006 年 8 月 4 日 |
| 400049 | 花雕 1 | 2006 年 6 月 2 日 |
| 400050 | 龙涤 5 | 2006 年 11 月 8 日 |
| 400051 | 精密 1 | 2007 年 2 月 2 日 |
| 400052 | 龙昌 1 | 2007 年 2 月 9 日 |
| 400053 | 佳纸 1 | 2007 年 6 月 13 日 |
| 400054 | 托普 1 | 2007 年 7 月 23 日 |
| 400055 | 国瓷 3 | 2007 年 8 月 3 日 |
| 400056 | 金荔 1 | 2008 年 1 月 23 日 |
| 400057 | 联谊 3 | 2008 年 4 月 28 日 |
| 420008 | 水仙 B3 | 2001 年 12 月 10 日 |
| 420011 | 中浩 B3 | 2002 年 10 月 25 日 |
| 420016 | 金田 B3 | 2004 年 1 月 16 日 |
| 420032 | 石化 B1 | 2004 年 11 月 26 日 |
| 420047 | 大洋 B1 | 2005 年 11 月 28 日 |
| 420058 | 深本实 B1 | 2010 年 2 月 5 日 |

**(二) 新三板目前是指中关村科技园区非上市股份有限公司代办股份转让系统**

创办中关村代办股份转让系统试点的初衷，就是解决初创期高新技术企业股份转让及融资问题。在试点结束后，国内现在的 88 家国家级高新园区和不断批准成立的国家级高新园区都将成立区域内的代办股份转让系统。而到那时，中关村代办股份转让系统也只是"代办股份转让系统"中的新三板中的一个板块。

而今，中关村代办股份转让系统经过六年的发展，已经成为高新企业上市的"孵化器"和"蓄水池"。目前，监管部门拟扩大试点，探索全国统一的场外交易市场，让更多的创业初期高技术企业能够解决股份转让及融资问题，从而支持高新技术企业的进一步发展和壮大。作为中国目前多层次资本市场体系的重要组成部分，为非上市股份有限公司最终进入资本市场发挥积极的培育作用，成为高科技企业成长和发展的助推器。

根据监管部门的安排，"十二五"期间，场外交易市场建设将分步推进。

首先允许国家级高新技术产业开发区内，具备条件的未上市股份公司进入证券公司代办股份转让系统进行股份公开转让，进一步探索场外交易系统运行规律和管理经验。

其次，在制度体系和工作机制基本形成并稳定运行后，将市场服务范围扩大到全国具备条件的股份有限公司。

新三板的股票（股权）转让，主要采取协商配对的方式进行成交。针对的是在创立初期、有一定产品、有一定模式、处于发展初期的股份制公司。其主要目的是探索我国多层次资本市场体系中场外交易市场的建设模式，探索利用资本市场支持高新技术等创新型企业的具体途径。

为进一步发挥高新科技园区股份报价转让系统扶持高新技术企业、规范股份转让的目的，虽然目前的新三板仍然处于调整系统和完善各项基础制度，做好拟扩大试点园区准备工作阶段，但新三板证券市场将从北京中关村推向全国的步伐却越来越近。

新三板被誉为创业板上市企业的孵化器，可以通过价格发现、引入风险投资、私募增资、银行贷款等方式增强挂牌企业的融资能力。同时，通过规范运作、适度信息披露、相关部门监管等，可以促进挂牌企业健全治理结构，熟悉资本市场，促进试点企业尽快达到创业板上市的要求。

截至 2011 年 12 月 31 日，共有 102 家企业通过了证券业协会备案参与新三板试点，其中已转到创业板公开上市的有 5 家，其余 97 家在新三板交易。目前，总股本 32.5698 亿股。成交数 827 笔，成交股数 9544.2564 万股，成交金额 5.6028 亿元。挂牌上市公司多属于新能源、新材料、信息技术、生物与新医药、节能环保、新文化等新兴产业。参与挂牌交易的企业正在不断增多。

# 六、美国三板市场

美国的证券市场分为主板（纽约证券交易所）、二板（NASDAQ）和三板（OTCBB 柜台交易市场）三个市场。

我国新三板是和美国 OTCBB 相同的证券市场，中国中、小、微型企业到美国 NASDAQ 上市，基本都是先采用"买壳"方式到 OTCBB 市场上市，企业融到资后经过培育壮大，达到相关条件后再申请转板到 NASDAQ 上市。我国新三板市场拟引入的做市商制度，是和 OTCBB 市场、NASDAQ 市场相同的。

OTCBB 成立于 1990 年，全称是场外电子柜台交易市场（Over the Counter Bulletin Board），是 NASDAQ 的管理者——全美证券商协会（NASD）管理的柜台证券交易实时报价服务系统。

一般而言，任何未在全国市场上市或登记的证券，包括在全国、地方或国外发行的股票、认股权证、证券组合、美国存托凭证等，都可以在 OTCBB 市场上报价交易。

虽然 OTCBB 股票与 NASDAQ 股票同样由做市商通过 NASDAQ 电脑网络进行报价，又同在 NASD 的管辖之内，但 OTCBB 与 NASDAQ 有本质不同。

OTCBB 采取了一种上市方式和门槛更为灵活的机制，对企业没有任何规模或盈利要求，只要有 3 名以上做市商愿为该证券做市，就可向 NASD 申请挂牌。

我国现在有很多企业号称在美国上市，其实是在 OTCBB 上市，很大程度是对美国证券市场的不熟悉，和受不良中介、财务公司欺骗。

从功能上说，OTCBB 市场的融资功能是很弱的，它只是为企业提供的一个通向 NASDAQ 上市过渡的培育市场，因为它不能发新股。

它存在的价值就是给众多"摘牌公司"一个搁置的地方，在那里进行资产重组，或者收购，也可以进行私募。

有些公司通过自己改造升级，重新把业绩做上去，再度升级到主板。

还有一些不行的企业就另外找大股东，通过注入资产把业绩提升到能升级到主板的地步。

所有 OTCBB 上的挂牌上市公司，最终都要去三大主板，谁如果把上 OTCBB 当成一个终点站，绝对是不正常的。

一般讲，到 OTCBB 上利用"壳"做反向收购挂牌的公司，应在半年到 9 个月之内升级主板，然后发行新股筹资。

挂牌后的企业，按季度向美国证券交易委员会(SEC)提交报表，即可在 OTCBB 上市流通。达到一定条件后，便可直接升入 NASDAQ 小型资本市场或 NASDAQ 全国市场。

这使得许多公司选择先在 OTCBB 上市，获得最初的发展资金，通过一段时间的积累，达到 NASDAQ 或纽约证券交易所的挂牌要求后再"升板"。

其中，微软和思科就是这种模式最成功的代表。

由于 OTCBB 面向的是小企业，因此形成了发行证券数量少、价格低、流通性差、风险大的显著特点。

目前，OTCBB 上的挂牌企业，其中不乏几美分的垃圾股票和空壳公司，股价不到 1 美元的"壳"公司更多。

近几年来，参与 OTCBB 市场的美国投资者越来越多，而挂牌企业也陆续暴露出一些问题，SEC 的监管随之变得更为严格。

虽然 NASDAQ 证券市场采用的是做市商制度，但 NASDAQ 并非是柜台交易市场。NASDAQ 证券交易市场与美国柜台市场(OTC)和柜台公报板(OTCBB)报价系统有明显的区别。

虽然他们都受全国券商联合协会(NASD)管理。但 OTC 证券是那些没有在 NASDAQ 或国内任何证券交易市场上市的证券。

OTCBB 是一个报价媒介，显示 OTC 上市股票的即时报价、最近成交价格和成交量等信息。

OTCBB 证券包括国内的、区域内的和国外正式发行的凭证、单据、美国委托收款单。

OTCBB 是为约定成员们提供的报价媒介，而不是上市发行服务，不可以与 NASDAQ 或美国股票交易市场混淆。

OTCBB 证券是由做市商的委员会进行交易，并通过一个高度复杂、封闭的计算机网络进行报价和成立回报，这一切是通过 NASDAQ 工作站来实现的。

NASDAQ 证券市场与那些在 OTCBB 市场上的发行商没有业务上的联系，而且这些公司与 NASDAQ 证券市场股份有限公司或是全国证券交易商协会没有文件或报告上的要求。

NASDAQ 拥有自己的做市商制度，它们是一些独立的股票交易商，为投资者承担某一只股票的买进和卖出。这一制度安排对于那些市值较低、交易次数较少的股票尤为重要。这些做市商由 NASD 的会员担任，这与 TSE 的保荐人构成方式是一致的。每一只在 NASDAQ 上市的股票，至少要有两个以上的做市商为其股票报价，一些规模较大、交易较为活跃的股票的做市商往往能达到 40～45 家。

# 七、做市商制度

我国新三板证券市场在 2012 年最有可能实施的交易制度，就是"做市商制度"。

国际上目前存在两种交易制度，一种是报价驱动制度(Quote—driven— system)，另一种是指令驱动制度(Order—driven— system)，报价驱动制度也称做做市商制度。

所谓做市商制度(Market—maker—rule)，是指在证券市场上，由具备一定实力和信誉的证券经营法人，在其愿意的水平上不断向交易者报出某些特定证券的买入和卖出价，并在所报价位上接受公司或其他交易商的买卖要求、保证及时成交的证券交易方式。它是与竞价交易制度，即指令驱动交易制度相对应的一种制度，一般为柜台交易市场所采用。

做市商制度发源于 20 世纪的英国，最初是由英国的股票批发商制度演变来的，后来为美国所借鉴，成为场外交易市场的证券交易方式。1971年成立的 NASDAQ，就是以做市商为核心交易机制的证券交易市场，它对世界各国的创新市场产生了重要的影响。

而作为世界上规模最大的纽约证券交易所(New York Stock Exchange，NYSE)，也借鉴了做市商的做法，对部分股票采取了做市商制度。可以说，做市商制度在证券交易市场中正起着越来越重要的作用。

做市商制度一般为柜台交易市场所采用，以其自有资金和证券与投资者进行证券交易。做市商通过这种不断买卖来维持市场的流动性，满足公众投资者的投资需求。

做市商通过买卖报价的适当差额来补偿所提供服务的成本费用，并实现一定的利润。从美国 NASDAQ 的经验来看，做市商最大的作用就是有利于保持市场的流动性以及维持价格的稳定性，因此适合于风险大、流动性不足的证券市场。

做市商制度有两个重要特点，一是所有客户委托单都必须由做市商用自己的账户买进卖出，客户委托单之间不直接进行交易。二是做市商必须看到委托单之前报出买卖价格，而投资者在看到报价后才会给出委托单。正是这两个重要特点使在发达证券市场已有 30 多年历史的做市商制度在活跃市场人气、增强市场透明度，提高市场流动性、维持股票价值的稳定性等方面起到了积极作用。

做市商制度的特点和作用决定了它具有三个方面的功能：

(1)坐市。当股市出现过度投机时，做市商通过在市场上与其他投资者相反方向的操作，努力维持股价的稳定，降低市场的泡沫成份。

(2)造市。当股市过于沉寂时，做市商通过在市场上人为地买进卖出股票，以活跃市场带动人气，使股价回归其投资价值。

(3)监市。在做市商行使其权利，履行其义务的同时，通过对做市商的业务活动监控市场的变化，以便及时发现异常及时纠正。在新兴的证券市场，这是保持政府与市场的合理距离，抵消政府行为对股市影响惯性的有益尝试。

正因为做市商制度具有上述功能及调节买卖盘不均衡状况、随时保证提供买卖双向价格的特点，决定了其功能实现的前提条件是拥有高素质的做市商。只有那些运营规范、资本实力雄厚、自营规模较大、熟悉上市公司与二级市场运作，而且风险自控能力较强的券商才能担当。一般来说，做市商必须具备下述条件：

(1)具有雄厚的资金实力，这样才能建立足够的证券库存以满足投资者的交易需要。

(2)具有管理证券库存的能力，以便降低库存证券的风险。

(3)要有准确的报价能力，要熟悉自己经营的证券并有较强的分析能力。

作为做市商，其首要的任务是维护市场的稳定和繁荣，所以做市商必须履行"做市"的义务，即在尽可能避免市场价格大起大落的条件下，随时承担所做证券的双向报价任务，只要有买卖盘，就要报价。

针对做市商所承担的义务，同时也要享有以下特权：

(1)资讯方面，要求全方位的享有个股资讯，即享有上市公司的全部信息及所有买卖盘的记录，以便及时了解发生单边市的预兆。

(2)融资融券的优先权。为维护市场的流通性，做市商必须时刻拥有一大笔筹码以维护交易及一定资金作后盾，但这并不足以保证维持交易的连续性，当出现大宗交易时，做市商必须拥有一个合法、有效、低成本的融资融券渠道，优先进行融资融券。

(3)一定条件下的做空机制。当市场上大多数投资者做多时，做市商手中筹码有限，必然要求享有一定比例的做空交易，以维持交易的连续。

做市商作为以盈利为目标的企业法人，在市场操作中必须考虑成本因素。这里不考虑与交易无关的固定成本，只考虑交易时的成本，大致有以下三种：

(1)单据的处理成本。单据处理的成本就是在每笔交易填单、审查、输入、报单、清算、交割等一系列环节中所发生的费用。

(2)存货风险成本。做市商要按其报出价格买进或卖出证券，必须需要拥有一定数量的证券存货以保证交易的连续性。但是按一定价格建立起来的存货存在着一种存货风险，因为价格的不确定性会引起存货头寸价值的变化。这种存货成本与做市商的资本充足情况和融资融券能力有关，对特定的做市商而言，资本越不充足，对风险的反应程度越大，存货风险对这类做市商的影响也越大。而做市商的融资融券能力越弱，其存货成本越高。

存货风险的存在，使存货管理成为做市商的一项重要的任务。一方面要在连续不断的买卖中保持适当的存货头寸。另一方面，要尽量降低建立存货的成本，可通过多种融资渠道与信用交易方式，减少自有资金的使用量。

可以通过股票指数期货、期权交易等多种避险方式，来减少价格影响所造成的存货亏损。因此，做市商通常要综合考虑价格变动的趋势，自有资金情况，融资融券能力，市场投资者的数量和结构，以及可用的避险方式及其避险程度等来确定存货的数量。

(3)信息不对称成本。在一个有效的市场上，存货的控制只能引起价格暂时性的变化，而信息却会导致价格的不确定性变动。

然而信息不对称是客观存在的，虽然做市商有一定的信息优势，但与其他市场参与者作为一个整体相比就存在着信息劣势，因为市场总有交易者掌握着做市商所不知道的消息，做市商也就有可能蒙受由于信息的滞后而造成的损失，这是一种信息不对称成本。

由于做市商之间的竞争将导致价差变小。在一个成熟的市场上，实际价差不是某个做市商所能单独决定的，它是在保留价差的基础上由众多因素共同决定的。

而做市商的数目越多，竞争力越强，他们之间互相约束的能力也越强，两者综合作用下往往会使实际价差变小。

# 八、NASDAQ 市场做市商制度

美国实行的是，证券交易所的专业经纪人制度和场外市场的做市商制度并行的交易方式，其中做市商在场外市场交易的主要对象是债券和非上市股票，通过 NASDAQ 系统将分散在全国各地的 6000 多个做市商联系在一起，并可迅速提供在各地场外市场交易的近 7000 种股票和债券的买价和卖价，提供统一的清算和监控。

此外，还编制 NASDAQ 系统的股票价格指数。由于做市商提供买卖双向报价并随时准备交易，使投资者不用担心没有交易对手，从而极大地方便了投资者。

美国在证券交易所上市的股票有 1800 多种，而在场外市场交易的股票和债券却有 7000 种之多，NASDAQ 系统极大地方便了场外市场的交易，促进了它的发展，使之成为证券交易所的有益补充和完善。

根据美国法律和证券交易委员会(SEC)及全美证券交易商协会(NASD)的有关规定，"做市商"必须做到：

(1)坚持达到特定的记录保存和财务责任的标准。

(2)不间断地主持买、卖两方面的市场，并在最佳价格时按限额规定执行指令。

(3)发布有效的买、卖两种报价。

(4)交易完成后的 90 秒内报告有关交易情况，以便向公众公布。

在 NASDAQ 做市商制度下，买卖双方无须等待对方的出现，只要有"做市商"出面承担另一方的责任，交易便算完成。这对于市值较低、交易次数较少的证券尤为重要。

全美证券商协会(NASD)规定，证券商只有在该协会登记注册后才能成为 NASDAQ 市场的做市商。

做市商由全美证券交易商协会会员(650 多家)公司担任。做市商为每只股票的买卖提供报价，这有别于传统交易中有买卖双方出价形成的差价。它的透明度极高，投资者只要连通适当的通信系统，比如路透社网络，即可对市场上的一买一卖一目了然，而做市商也乐于报出最佳的可行价格。

以前，NASDAQ 是一个由"报价导向"的股票市场。1997 年 NASDAQ 执行 SEC 交易指令执行规则，允许客户限制被做市商和电子交易网(ECNs)发布的交易指令，使 NASDAQ 具有"报价导向"市场和"交易指令导向"市场的混合特征。

按照规定,凡在 NASDAQ 市场上市的公司股票,最少要有两家以上的"做市商"为其股票报价;一些规模较大、交易较为活跃的股票的"做市商"往往达到 40～45 家;平均而言,NASDAQ 市场每一种证券有 12 家"做市商"。

在开市期间,做市商必须就其负责做市的证券一直保持双向买卖报价,即向投资者报告其愿意买进和卖出的证券数量和买卖价位,NASDAQ 市场的电子报价系统自动对每只证券全部做市商的报价进行收集、记录和排序,并随时将每只证券的最优买卖报价通过其显示系统报告给投资者。如果投资者愿意以做市商报出的价格买卖证券,做市商必须按其报价以自有资金和证券与投资者进行交易。

多家"做市商"必然带来市场的竞争,做市商制度有利于推动市场资金的流动性。在一笔交易成交后 90 秒内,每位"做市商"通过计算机终端网络向全国证券交易商协会当局报出某一股票有效的买入价和卖出价和已完成交易成交情况,买卖数量和价格的交易信息随即转发到世界各地的计算机屏幕,通过相互竞争的方式来吸引投资人。NASDAQ 证券市场的证券价格正是通过众多竞争者在市场上进行这种高透明度的激烈竞争来确定的。正是众多的"做市商"相互之间的激烈竞争方式,才使 NASDAQ 市场的交易不同于传统的证券交易所的单一制度。

# 九、场外交易市场

场外交易市场(Over the Counter Market),简称 OTC 市场。

场外交易市场是指在证券交易所外进行证券买卖的市场。它主要由柜台交易市场、第三市场、第四市场组成。

## (一) 场外交易市场的特点

(1)场外交易市场是一个分散的无形市场。它没有固定的、集中的交易场所,而是由许多各自独立经营的证券经营机构分别进行交易的,并且主要是依靠电话、电报、传真和计算机网络联系成交的。

(2)场外交易市场的组织方式采取做市商制度。场外交易市场与证券交易所的区别在于不采取经纪制,投资者直接与证券商进行交易。证券交易通常在证券经营机构之间或是证券经营机构与投资者之间直接进行,不需要中介人。

在场外证券交易中,证券经营机构先行垫入资金买进若干证券作为库存,然后开始挂牌对外进行交易。他们以较低的价格买进,再以略高的价格卖出,从中赚取差价,但其加价幅度一般受到限制。证券商既是交易的直接参加者,又是市场的组织者,他们制造出证券交易的机会并组织市场活动,因此被称为"做市商"。

这里指的"做市商"是场外交易市场的做市商,与场内交易中的做市商不完全相同。

(3)场外交易市场是一个拥有众多证券种类和证券经营机构的市场,以未能在证券交易所批准上市的股票和债券为主。由于证券种类繁多,每家证券经营机构只固定地经营若干种证券。

(4)场外交易市场是一个以议价方式进行证券交易的市场。在场外交易市场上,证券买卖采取一对一交易方式,对同一种证券的买卖不可能同时出现众多的买方和卖方,也就不存在公开的竞价机制。

场外交易市场的价格决定机制不是公开竞价,而是买卖双方协商议价。

具体地说,是证券公司对自己所经营的证券同时挂出买入价和卖出价,并无条件地按买入价买入证券和按卖出价卖出证券,最终的成交价是在牌价基础上经双方协商决定的不含佣金的净价。券商可根据市场情况,随时调整所挂的牌价。

(5)场外交易市场的管理比证券交易所宽松。由于场外交易市场分散,缺乏统一的组织和章程,不易管理和监督,其交易效率也不及证券交易所。但是,美国的 NASDAQ 市场借助计算机将分散于全国的场外交易市场联成网络,在管理和效率上都有很大提高。

**(二) 场外交易市场的交易者和交易对象**

(1)在国外,场外交易市场的参加者主要是证券商和投资者。参加场外交易的证券商包括：

①会员证券商，即证券交易所会员设立机构经营场外交易业务。

②非会员证券商，或称柜台证券商，他们不是证券交易所会员，但经批准设立证券营业机构，以买卖未上市证券及债券为主要业务。

③证券承销商，即专门承销新发行证券的金融机构，有的国家新发行的证券主要在场外市场销售。

④专职买卖政府债券或地方政府债券以及地方公共团体债券的证券商等。

(2)场外交易市场交易的证券很多，交易量很大，主要有以下几种：

①债券，包括国债、政府债券、公司债等各类债券。由于债券种类多、发行量大、替代性大、投机性小、有的期限很短，所以没有必要、也不可能全部在证券交易所上市交易。

②新发行的各类证券主要在场外市场承销、代销。

③符合证券交易所上市标准而没有上市的证券，主要有金融机构或大公司的零股股票和债券、上市交易后因故停牌的股票。

④不符合证券交易所上市标准的证券，主要有规模较小的小公司股票、具有发展潜力的新公司的股票(通常先在场外交易后再进入证券交易所)，因业绩不佳而不符合上市标准的风险大、流动性差的股票等。

⑤开放型投资基金的股份或受益凭证。

**(三) 场外交易市场与证券交易所共同组成证券交易市场要具备以下功能**

(1)场外交易市场是证券发行的主要场所。新证券的发行时间集中，数量大，需要众多的销售网点和灵活的交易时间，场外交易市场是一个广泛的无形市场，能满足证券发行的要求。

(2)场外交易市场为政府债券、金融债券以及按照有关法规公开发行而又不能或一时不能到证券交易所上市交易的股票提供了流通转让的场所，为这些证券提供了流动性的必要条件，为投资者提供了兑现及投资的机会。

(3)场外交易市场是证券交易所的必要补充。场外交易市场是一个"开放"的市场，投资者可以与证券商当面直接成交，不仅交易时间灵活分散，而且交易手续简单方便，价格又可协商，这种交易方式可以满足部分投资者的需要。

### (四) 场外交易市场的组成

场外交易市场，简称 OTC 市场，通常是指店头交易市场或柜台交易市场，但如今的 OTC 市场已不仅仅是传统意义上的柜台交易市场，有些国家在柜台交易市场之外又形成了其他形式的场外交易市场。

(1)柜台交易市场。

它是通过证券公司、证券经纪人的柜台进行证券交易的市场。该市场在证券产生之时就已存在，在交易所产生并迅速发展后，柜台市场之所以能够存在并达到发展，其原因有：

①交易所的容量有限，且有严格的上市条件，客观上需要柜台市场的存在。

②柜台交易比较简便、灵活，满足了投资者的需要。

③随着计算机和网络技术的发展，柜台交易也在不断地改进，其效率已和场内交易不相上下。

(2)第三市场。

是指已上市证券的场外交易市场。第三市场产生于 1960 年的美国，原属于柜台交易市场的组成部分，但其发展迅速，市场地位提高，被作为一个独立的市场类型对待。

第三市场的交易主体，多为实力雄厚的机构投资者。第三市场的产生与美国的交易所采用固定佣金制密切相关，它使机构投资者的交易成本变得非常昂贵，场外市场不受交易所的固定佣金制约束，因而导致大量上市证券在场外进行交易，遂形成第三市场。

第三市场的出现，成为交易所的有力竞争，最终促使美国 SEC 于 1975 年取消固定佣金制，同时也促使交易所改善交易条件，使第三市场的吸引力有所降低。

(3)第四市场。

它是投资者绕过传统经纪服务，彼此之间利用计算机网络直接进行大宗证券交易所形成的市场。第四市场的吸引力在于：

①交易成本低。因为买卖双方直接交易，无经纪服务，其佣金比其他市场少得多。

②可以保守秘密。因无需通过经纪人，有利于匿名进行交易，保持交易的秘密性。

③不冲击证券市场。大宗交易如在交易所内进行，可能给证券市场的价格造成较大影响。

④信息灵敏，成交迅速。计算机网络技术的运用，可以广泛收集和存储大量信息，通过自动报价系统，可以把分散的场外交易行情迅速集中并反映出来，有利于投资者决策。

第四市场的发展一方面对证交所和其他形式的场外交易市场产生了巨大的压力，从而促使这些市场降低佣金、改进服务。另一方面也对证券市场的监管提出了挑战。

(4)我国的场外交易市场。

目前除代办股份转让系统外，还有各地的产权交易市场、股权交易市场、大宗商品交易市场、私募基金等。因不是本书研究对象，就不一一介绍了。

# 第二章　新三板上市

# 一、符合新三板挂牌上市的领域

符合新三板证券市场挂牌上市的领域全部是"国家重点支持的高新技术领域"。

国家重点支持的高新技术领域的范围主要包括：电子信息技术、生物和新医药技术、航空航天技术、新材料技术、高技术服务业、新能源及节能技术、资源及环境技术、高新技术改造传统产业等，一级目录 8 类，二级目录 36 类，三级目录 218 类。

每个一级目录下面有二级目录和三级目录，一级目录为技术领域，二级目录为专业，三级目录为研究方向。

## （一）电子信息技术

1. 软件

(1) 系统软件。

(2) 支撑软件。

(3) 中间件软件。

(4) 嵌入式软件。

(5) 计算机辅助工程管理软件。

(6) 中文及多语种处理软件。

(7) 图形和图像软件。

(8) 金融信息化软件。

(9) 地理信息系统。

(10) 电子商务软件。

(11) 电子政务软件。

(12) 企业管理软件。

2. 微电子技术

(1) 集成电路设计技术。

(2) 集成电路产品设计技术。

(3)集成电路封装技术。

(4)集成电路测试技术。

(5)集成电路芯片制造技术。

(6)集成光电子器件技术

3.计算机及网络技术

(1)计算机及终端技术。

(2)各类计算机外围设备技术。

(3)网络技术。

(4)空间信息获取及综合应用集成系统。

(5)面向行业及企业信息化的应用系统。

(6)传感器网络节点、软件和系统。

4.通信技术

(1)光传输技术。

(2)小型接入设备技术。

(3)无线接入技术。

(4)移动通信系统的配套技术

(5)软交换和 VoIP 系统。

(6)业务运营支撑管理系统。

(7)电信网络增值业务应用系统。

5.广播电视技术

(1)演播室设备技术。

(2)交互信息处理系统。

(3)信息保护系统。

(4)数字地面电视技术。

(5)地面无线数字广播电视技术。

(6)专业音视频信息处理系统。

(7)光发射、接收技术。

(8)电台、电视台自动化技术。

(9)网络运营综合管理系统。

(10) IPTV 技术。

(11) 高端个人媒体信息服务平台。

6. 新型电子元器件

(1) 半导体发光技术。

(2) 片式和集成无源元件技术。

(3) 片式半导体器件技术。

(4) 中高档机电组件技术。

7. 信息安全技术

(1) 安全测评类。

(2) 安全管理类。

(3) 安全应用类。

(4) 安全基础类。

(5) 网络安全类。

(6) 专用安全类。

8. 智能交通技术

(1) 先进的交通管理和控制技术。

(2) 交通基础信息采集、处理设备及相关软件技术。

(3) 先进的公共交通管理设备和系统技术。

(4) 车载电子设备和系统技术。

(二) 生物与新医药技术

1. 医药生物技术

(1) 新型疫苗。

(2) 基因工程药物。

(3) 重大疾病的基因治疗。

(4) 单克隆抗体系列产品与检测试剂。

(5) 蛋白质／多肽／核酸类药物。

(6) 生物芯片。

(7) 生物技术加工天然药物。

(8) 生物分离、装置、试剂及相关检测试剂。

(9)新生物技术。

2.中药、天然药物

(1)创新药物。

(2)中药新品种的开发。

(3)中药资源可持续利用。

3.化学药

(1)创新药物。

(2)心脑血管疾病治疗药物。

(3)抗肿瘤药物。

(4)抗感染药物(包括抗细菌、抗真菌、抗原虫药等)。

(5)老年病治疗药物。

(6)精神神经系统药物。

(7)计划生育药物。

(8)重大传染病治疗药物。

(9)治疗代谢综合症的药物。

(10)罕见病用药(Orphan Drugs)及诊断用药。

(11)手性药物和重大工艺创新的药物及药物中间体。

4.新剂型及制剂技术

(1)缓、控、速释制剂技术——固体、液体及复方。

(2)靶向给药系统。

(3)给药新技术及药物新剂型。

(4)制剂新辅料。

5.医疗仪器技术、设备与医学专用软件

(1)医学影像技术。

(2)治疗、急救及康复技术。

(3)电生理检测、监护技术。

(4)医学检验技术。

(5)医学专用网络环境下的软件。

6.轻工和化工生物技术

(1)生物催化技术。

(2)微生物发酵新技术。

(3)新型、高效工业酶制剂。

(4)天然产物有效成份的分离提取技术。

(5)生物反应及分离技术。

(6)功能性食品及生物技术在食品安全领域的应用。

7.现代农业技术

(1)农林植物优良新品种与优质高效安全生产技术。

(2)畜禽水产优良新品种与健康养殖技术。

(3)重大农林植物灾害与动物疫病防控技术。

(4)农产品精深加工与现代储运。

(5)现代农业装备与信息化技术。

(6)水资源可持续利用与节水农业。

(7)农业生物技术。

**(三) 航空航天技术**

1.民用飞机技术

2.空中管制系统

3.新一代民用航空运行保障系统

4.卫星通信应用系统

5.卫星导航应用服务系统

**(四) 新材料技术**

1.金属材料

(1)铝、镁、钛轻合金材料深加工技术。

(2)高性能金属材料及特殊合金材料生产技术。

(3)超细及纳米粉体及粉末冶金新材料工艺技术。

(4)低成本、高性能金属复合材料加工成型技术。

(5)电子元器件用金属功能材料制造技术。

(6)半导体材料生产技术。

(7)低成本超导材料实用化技术。

(8)特殊功能有色金属材料及应用技术。

(9)高性能稀土功能材料及其应用技术。

(10)金属及非金属材料先进制备、加工和成型技术。

2. 无机非金属材料

(1)高性能结构陶瓷强化增韧技术。

(2)高性能功能陶瓷制造技术。

(3)人工晶体生长技术。

(4)功能玻璃制造技术。

(5)节能与环保用新型无机非金属材料制造技术。

3. 高分子材料

(1)高性能高分子结构材料的制备技术。

(2)新型高分子功能材料的制备及应用技术。

(3)高分子材料的低成本、高性能化技术。

(4)新型橡胶的合成技术及橡胶新材料。

(5)新型纤维材料。

(6)环境友好型高分子材料的制备技术及高分子材料的循环再利用技术。

(7)高分子材料的加工应用技术。

4. 生物医用材料

(1)介入治疗器具材料。

(2)心血管外科用新型生物材料及产品。

(3)骨科内置物。

(4)口腔材料。

(5)组织工程用材料及产品。

(6)载体材料、控释系统用材料。

(7)专用手术器械及材料。

5. 精细化学品

(1)电子化学品。

(2)新型催化剂技术。

(3)新型橡塑助剂技术。

(4)超细功能材料技术。

(5)功能精细化学品。

### (五) 高技术服务业

1.共性技术

2.现代物流

3.集成电路

4.业务流程外包(BPO)

5.文化创意产业支撑技术

6.公共服务

7.技术咨询服务

8.精密复杂模具设计

9.生物医药技术

10.工业设计

### (六) 新能源及节能技术

1.可再生清洁能源技术

(1)太阳能。

(2)风能。

(3)生物质能。

(4)地热能利用。

2.核能及氢能

(1)核能技术。

(2)氢能技术。

3.新型高效能量转换与储存技术

(1)新型动力电池(组)、高性能电池(组)。

(2)燃料电池、热电转换技术。

4.高效节能技术

(1)钢铁企业低热值煤气发电技术。

(2)蓄热式燃烧技术。

(3)低温余热发电技术。

(4) 废弃燃气发电技术。

(5) 蒸汽余压、余热、余能回收利用技术。

(6) 输配电系统优化技术。

(7) 高泵热泵技术。

(8) 蓄冷蓄热技术。

(9) 能源系统管理、优化与控制技术。

(10) 节能监测技术。

(11) 节能量检测与节能效果确认技术。

### (七) 资源与环境技术

1. 水污染控制技术

(1) 城镇污水处理技术。

(2) 工业废水处理技术。

(3) 城市和工业节水和废水资源化技术。

(4) 面源水污染的控制技术。

(5) 雨水、海水、苦咸水利用技术。

(6) 饮用水安全保障技术。

2. 大气污染控制技术

(1) 煤燃烧污染防治技术。

(2) 机动车排放控制技术。

(3) 工业可挥发性有机污染物防治技术。

(4) 局部环境空气质量提高与污染防治技术。

(5) 其他重污染行业空气污染防治技术。

3. 固体废弃物的处理与综合利用技术

(1) 危险固体废弃物的处置技术。

(2) 工业固体废弃物的资源综合利用技术。

(3) 有机固体废物的处理和资源化技术。

4. 环境监测技术

(1) 在线连续自动监测技术。

(2) 应急监测技术。

(3)生态环境监测技术。

5.生态环境建设与保护技术

6.清洁生产与循环经济技术

(1)重点行业污染减排和"零排放"关键技术。

(2)污水和固体废物回收利用技术。

(3)清洁生产关键技术。

(4)绿色制造关键技术。

7.资源高效开发与综合利用技术

(1)提高资源回收利用率的采矿、选矿技术。

(2)共、伴生矿产的分选提取技术。

(3)极低品位资源和尾矿资源综合利用技术。

## (八) 高新技术改造传统产业

1.工业生产过程控制系统

(1)现场总线及工业以太网技术。

(2)可编程序控制器(PLC)。

(3)基于 PC 的控制系统。

(4)新一代的工业控制计算机。

2.高性能、智能化仪器仪表

(1)新型自动化仪表技术。

(2)面向行业的传感器技术。

(3)新型传感器技术。

(4)科学分析仪器、检测仪器技术。

(5)精确制造中的测控仪器技术。

3.先进制造技术

(1)先进制造系统及数控加工技术。

(2)机器人技术。

(3)激光加工技术。

(4)电力电子技术。

(5)纺织及轻工行业专用设备技术。

4. 新型机械

(1)机械基础件及模具技术。

(2)通用机械和新型机械。

5. 电力系统信息化与自动化技术

(1)采用新型原理、新型元器件的电力自动化装置。

(2)采用数字化、信息化技术，提高设备性能及自动化水平的技术。

(3)电力系统应用软件。

(4)用于输配电系统和企业的新型节电装置。

6. 汽车行业相关技术

(1)汽车发动机零部件技术。

(2)汽车关键零部件技术。

(3)汽车电子技术。

(4)汽车零部件前端技术。

以上国家重点支持的高新技术领域目录仅供参考，详细内容请参阅财政部、国家税务总局、科技部三部委联合发文公布的国家重点支持的高新技术领域的范围。

# 二、新三板上市必须是高新技术企业

在新三板挂牌上市，必须是高新技术企业。

高新技术企业应该是在国家重点支持的高新技术领域内，能够持续进行研究开发与技术成果转化，形成企业核心自主知识产权，并以此为基础开展生产经营活动，在中国境内(不包括港、澳、台地区)注册一年以上的居民企业。

包括三层含义：

一是企业所从事的研究开发和生产经营活动，必须符合国家重点支持的产业技术方向，属于《国家重点支持的高新技术领域》规定的范围。

二是具有持续的自主研究开发能力，拥有核心自主知识产权，将成为高新技术企业的必备条件。

三是企业的主营业务必须与自身的研究开发与技术成果转化活动密切相关。

符合以上特征并达到相应认定指标的企业才能被认定为高新技术企业。没有开展研究开发活动，单纯从事高新技术产品生产加工的企业，不能被认定为高新技术企业。

根据 2008 年 1 月 1 日起实施的，《高新技术企业认定管理办法》第十条规定，高新技术企业认定须同时满足以下条件：

(1)在中国境内(不含港、澳、台地区)注册的企业，近 3 年内通过自主研发、受让、受赠、并购等方式，或通过 5 年以上的独占许可方式，对其主要产品(服务)的核心技术拥有自主知识产权。

(2)产品(服务)属于《国家重点支持的高新技术领域》规定的范围。

(3)具有大学专科以上学历的科技人员占企业当年职工总数的 30%以上，其中研发人员占企业当年职工总数的 10%以上。

(4)企业为获得科学技术(不包括人文、社会科学)新知识，创造性运用科学技术新知识，或实质性改进技术、产品(服务)而持续进行了研究开发活动，且近三个会计年度的研究开发费用总额占销售收入总额的比例符合如下要求：

①最近一年销售收入小于 5000 万元的企业，比例不低于 6%。

②最近一年销售收入在 5000~20000 万元的企业，比例不低于 4%；

③最近一年销售收入在 20000 万元以上的企业，比例不低于 3%。

其中，企业在中国境内发生的研究开发费用总额占全部研究开发费用总额的比例不低于 60%。企业注册成立时间不足 3 年的，按实际经营年限计算。

(5)高新技术产品(服务)收入占企业当年总收入的 60%以上；

(6)企业研究开发组织管理水平、科技成果转化能力、自主知识产权数量、销售与总资产成长性等指标符合《高新技术企业认定管理工作指引》的要求。

如果是北京中关村科技园区的企业在新三板挂牌上市，必须是中关村高新技术企业，才可以取得北京市人民政府出具的，非上市公司股份报价转让试点资格确认函。

就是说，中关村园区的公司申请股份报价转让试点资格确认函，必须为中关村高新技术企业。

中关村高新技术企业认定须同时满足以下条件：

(1)在北京市行政区域内注册的企业，近3年内通过自主研发、受让、受赠、并购等方式，或通过5年以上的独占许可方式，对其主要产品(服务)的核心技术拥有自主知识产权。

(2)产品(服务)属于《国家重点支持的高新技术领域》规定的范围；

(3)具有大学专科以上学历的科技人员占企业当年职工总数的30%以上，其中研发人员占企业当年职工总数的10%以上；

(4)企业为获得科学技术(不包括人文、社会科学)新知识，创造性运用科学技术新知识，或实质性改进技术、产品(服务)而持续进行了研究开发活动，且近三个会计年度的研究开发费用总额占销售收入总额的比例符合如下要求：

①最近一年销售收入小于5000万元的企业，比例不低于6%；

②最近一年销售收入在5000~20000万元的企业，比例不低于4%；

③最近一年销售收入在20000万元以上的企业，比例不低于3%。

其中，企业在中国境内发生的研究开发费用总额占全部研究开发费用总额的比例不低于60%。企业注册成立时间不足3年的，按实际经营年限计算；

(5)高新技术产品(服务)收入占企业当年总收入的60%以上；

(6)企业研究开发组织管理水平、科技成果转化能力、自主知识产权数量、销售与总资产成长性等指标符合《高新技术企业认定管理工作指引》的要求。

企业申请成为高新技术企业认定申请材料：

第一部分：公司基本资质文件。

(1)企业法人营业执照。

(2)税务登记证。

第二部分：核心自主知识产权部分，满足一项即可。

(1)实用新型专利(6个)。

(2)发明专利(1 个)。

(3)软件著作权(6 个)。

第三部分：科技成果转化能力。

(1)销售合同(含发票)。

(2)查新报告。

(3)检测报告。

(4)用户报告(3 份以上)。

(5)产品照片。

第四部分：研究开发的组织管理水平(附件)。

(1)产学研合作协议。

(2)项目立项报告。

(3)研究开发项目投入核算体系(须盖章)。

(4)研究开发机构情况及设施设备情况介绍(含照片)。

(5)研究开发绩效考核奖励／鼓励管理办法(须盖章)。

(6)购买重大仪器、开发设备发票。

第五部分：财务成长性指标(附件)。

(1)3 年的审计报告。

(2)研究开发费用专项审计报告。

(3)高新技术产品(服务)收入专项审计报告(上年度)。

第六部分：其他附件。

(1)公司职员花名册。

(2)其他证明材料获奖证书等(如果有，须提供)。

(3)商标注册证(如果有，须提供)。

当然，有些材料在操作过程中会根据企业具体情况来增加或删减，这必须由专业人员根据实际情况决定。

虽然目前新三板市场只是试点阶段，只有中关村科技园区具有挂牌上市资格，但 2012 年新三板市场将会在原有中关村科技园区试点的基础上，将范围扩大到其他具备条件的国家级高新技术园区，业内习惯称做"新三板扩容"。

截止 2012 年 12 月 18 日，我国已有 88 家国家级高新技术产业开发区。但是，这个数字还会随着时间的推移而不断增加。2012 年，究竟哪家能进入扩容试点，还是全部，现在不得而知。

我国国家高新技术产业开发区总数已达 88 家，具体名单见表 2-1。

表 2-1　我国国家高新技术产业开发区名单

| 编号 | 高 新 区 名 称 | 编号 | 高 新 区 名 称 |
|---|---|---|---|
| 1 | 中关村科技园区 | 45 | 株洲高新技术产业开发区 |
| 2 | 武汉东湖新技术开发区 | 46 | 洛阳高新技术产业开发区 |
| 3 | 南京高新技术产业开发区 | 47 | 大庆高新技术产业开发区 |
| 4 | 沈阳高新技术产业开发区 | 48 | 宝鸡高新技术产业开发区 |
| 5 | 天津新技术产业园区 | 49 | 吉林高新技术产业开发区 |
| 6 | 西安高新技术产业开发区 | 50 | 绵阳高新技术产业开发区 |
| 7 | 成都高新技术产业开发区 | 51 | 保定高新技术产业开发区 |
| 8 | 威海火炬高技术产业开发区 | 52 | 鞍山高新技术产业开发区 |
| 9 | 中山火炬高技术产业开发区 | 53 | 杨凌农业高新技术产业示范区 |
| 10 | 长春高新技术产业开发区 | 54 | 宁波高新技术产业开发区 |
| 11 | 哈尔滨高新技术产业开发区 | 55 | 泰州医药高新技术产业开发区 |
| 12 | 长沙高新技术产业开发区 | 56 | 湘潭高新技术产业开发区 |
| 13 | 福州高新技术产业开发区 | 57 | 营口高新技术产业开发区 |
| 14 | 广州高新技术产业开发区 | 58 | 昆山高新技术产业开发区 |
| 15 | 合肥高新技术产业开发区 | 59 | 芜湖高新技术产业开发区 |
| 16 | 重庆高新技术产业开发区 | 60 | 济宁高新技术产业开发区 |
| 17 | 杭州高新技术产业开发区 | 61 | 烟台高新技术产业开发区 |
| 18 | 桂林高新技术产业开发区 | 62 | 安阳高新技术产业开发区 |
| 19 | 郑州高新技术产业开发区 | 63 | 南阳高新技术产业开发区 |
| 20 | 兰州高新技术产业开发区 | 64 | 东莞松山湖高新技术产业开发区 |
| 21 | 石家庄高新技术产业开发区 | 65 | 肇庆高新技术产业开发区 |
| 22 | 济南高新技术产业开发区 | 66 | 柳州高新技术产业开发区 |
| 23 | 上海市张江高科技园区 | 67 | 渭南高新技术产业开发区 |

| 编 号 | 高 新 区 名 称 | 编 号 | 高 新 区 名 称 |
|---|---|---|---|
| 24 | 大连高新技术产业开发区 | 68 | 白银高新技术产业开发区 |
| 25 | 深圳高新技术产业开发区 | 69 | 昌吉高新技术产业开发区 |
| 26 | 厦门火炬高技术产业开发区 | 70 | 唐山高新技术产业开发区 |
| 27 | 海口高新技术产业开发区 | 71 | 燕郊高新技术产业开发区 |
| 28 | 苏州高新技术产业开发区 | 72 | 辽阳高新技术产业开发区 |
| 29 | 无锡高新技术产业开发区 | 73 | 延吉高新技术产业开发区 |
| 30 | 常州高新技术产业开发区 | 74 | 齐齐哈尔高新技术产业开发区 |
| 31 | 佛山高新技术产业开发区 | 75 | 绍兴高新技术产业开发区 |
| 32 | 惠州高新技术产业开发区 | 76 | 蚌埠高新技术产业开发区 |
| 33 | 珠海高新技术产业开发区 | 77 | 泉州高新技术产业开发区 |
| 34 | 青岛高新技术产业开发区 | 78 | 新余高新技术产业开发区 |
| 35 | 潍坊高新技术产业开发区 | 79 | 景德镇高新技术产业开发区 |
| 36 | 淄博高新技术产业开发区 | 80 | 宜昌高新技术产业开发区 |
| 37 | 昆明高新技术产业开发区 | 81 | 江门高新技术产业开发区 |
| 38 | 贵阳高新技术产业开发区 | 82 | 银川高新技术产业开发区 |
| 39 | 南昌高新技术产业开发区 | 83 | 青海高新技术产业开发区 |
| 40 | 太原高新技术产业开发区 | 84 | 自贡高新技术产业开发区 |
| 41 | 南宁高新技术产业开发区 | 85 | 江阴高新技术产业开发区 |
| 42 | 乌鲁木齐高新技术产业开发区 | 86 | 临沂高新技术产业开发区 |
| 43 | 包头稀土高新技术产业开发区 | 87 | 益阳高新技术产业开发区 |
| 44 | 襄樊高新技术产业开发区 | 88 | 上海紫竹高新技术产业开发区 |

数据来源：中华人民共和国科学技术部官方网站。

# 三、新三板上市条件

目前，在新三板证券市场挂牌上市交易，无需证监会审批，只要通过主办券商向中国证券业协会备案即可。

目前，在新三板上市依据"证券公司代办股份转让系统中关村科技园区非上市股份有限公司股份报价转让试点办法(暂行)"的第二章(股份挂牌)第九条规定，非上市公司申请股份在代办系统挂牌，须具备以下条件：

(1)存续满两年。有限责任公司按原账面净资产值折股整体变更为股份有限公司的，存续期间可以从有限责任公司成立之日起计算。

查阅公司的设立批准文件、营业执照、公司章程、工商变更登记资料、年度检验等文件，判断公司设立、存续的合法性，核实公司设立、存续是否满两年。

对有限责任公司整体变更为股份有限公司后经营不足两年的，应查阅公司整体变更的批准文件、营业执照、公司章程、工商登记资料等文件，判断公司整体变更的合法合规性；查阅审计报告、验资报告等，调查公司变更时是否以变更基准日经审计的原账面净资产额为依据，折合股本总额是否不高于公司净资产；咨询公司律师或法律顾问，查阅董事会和股东会决议等文件，调查公司最近两年内主营业务和董事、高级管理人员是否发生重大变化，实际控制人是否发生变更，如发生变化或变更，判断对公司持续经营的影响。

(2)主营业务突出，具有持续经营能力，主要包含以下4点：

①公司主营业务及经营模式。

②公司的业务发展目标。

③公司所属行业情况及市场竞争状况。

④公司对客户和供应商的依赖程度、技术优势和研发能力。

(3)公司治理结构健全，运作规范，主要包含以下7点：

①公司治理机制的建立情况。

②公司股东的出资情况。

③公司的独立性。

④公司与控股股东、实际控制人及其控制的其他企业是否存在同业竞争。

⑤公司对外担保、重大投资、委托理财、关联方交易等重要事项的决策和执行情况。

⑥公司管理层及核心技术人员的持股情况。

⑦公司管理层的诚信情况。

(4)股份发行和转让行为合法合规，主要包含以下8点。

①公司设立及存续情况。

②公司最近两年股权变动的合法合规性以及股本总额和股权结构是否发生变化。

③公司股份是否存在转让限制。

④公司主要财产的合法性，是否存在法律纠纷或潜在纠纷以及其他争议。

⑤公司的重大债务。

⑥公司的纳税情况。

⑦公司环境保护和产品质量、技术标准是否符合相关要求。

⑧公司是否存在重大诉讼、仲裁及未决诉讼、仲裁情况。

(5)取得北京市人民政府出具的非上市公司股份报价转让试点资格确认函。

取得主管部门出具的非上市公司股份报价转让试点资格确认函。中关村注册登记的企业应取得中关村管委会的试点资格确认函。以后其他被纳入代办股份转让的国家级高新区范围内的企业，须取得相应主管部门的资格确认函。

(6)协会要求的其他条件。

由于挂牌条件中未设置企业规模、盈利指标等硬性条件、要求，企业是否满足挂牌条件，主办券商享有较大的自主判断权。

非上市公司申请股份在代办系统(新三板)挂牌，须委托一家主办券商作为其推荐主办券商，向协会进行推荐。申请股份挂牌的非上市公司应与推荐主办券商签订推荐挂牌协议。

# 四、新三板证券市场上市程序

根据证券业协会发布的相关规定，中关村科技园区非上市股份公司申请股份到代办股份转让系统挂牌报价转让，应具备存续满两年、主业突出，治理结构健全，运作规范；发行和转让行为合法合规；中关村科技园区非上市股份公司股份挂牌报价转让实行备案制，公司申请挂牌须取得地方政府出具的《试点资格确认函》，并由具备推荐主办券商业务资格的券商向协会推荐。

同时，申请股份挂牌报价转让，需履行以下程序：董事会、股东大会决议，申请股份报价转让试点企业资格，签订推荐挂牌报价转让协议，配合推荐主办券商尽职调查，推荐主办券商向协会报送推荐挂牌备案文件，协会备案确认，股份集中登记，披露股份报价转让说明书。各程序的具体内容介绍如下：

(1)公司董事会、股东大会决议。

公司申请股份到代办股份转让系统挂牌报价转让，应由公司董事会就申请股份挂牌报价转让事项形成决议，并提请股东大会审议，同时提请股东大会授权董事会办理相关事宜。

(2)申请股份报价转让试点企业资格。

公司要进行股份挂牌报价转让，须向北京市人民政府申请股份报价转让试点企业的资格。中关村科技园区管理委员会具体负责受理试点企业资格的申请。根据北京市《中关村科技园区非上市股份有限公司申请股份报价转让试点资格确认办法》规定，公司申请时要提交如下文件：

①公司进入"代办转让系统"的申请。

②股东大会(临时股东大会)作出同意公司进入"代办转让系统"的决议，附会议记录及出席股东(包括股东代理人)签字。

③企业法人营业执照(副本)及公司章程。

④经律师事务所确认的合法有效的股东名册。股东名册应当包括以下

内容：股份总额、股东姓名或名称、持股数量及质押状况、居民身份证号或工商营业执照代码。

⑤公司及全体股东进入"代办转让系统"承诺书。

⑥中关村高新技术企业证书。

⑦有关部门要求的其他文件。

同意申请的，中关村科技园区管理委员会在5个工作日内出具试点资格确认函，函有效期为一年。

(3)签订推荐挂牌报价转让协议。

公司需联系一家具有股份报价转让业务资格的证券公司，作为股份报价转让的推荐主办券商，委托其推荐股份挂牌。此外，公司还应联系另一家具有股份报价转让业务资格的证券公司，作为副主办券商，当推荐主办券商丧失报价转让业务资格时，由其担任推荐主办券商，以免影响公司股份的报价转让。公司应与推荐主办券商和副主办券商签订推荐挂牌报价转让协议，明确三方的权利与义务。

根据协议，推荐主办券商主要责任为公司尽职调查、制作推荐挂牌备案文件、向协会推荐挂牌、督导公司挂牌后的信息披露等。

(4)配合推荐主办券商尽职调查。

为使股份顺利地进入代办股份转让系统挂牌报价转让，公司须积极配合主办券商的尽职调查工作。主办券商要成立专门的项目小组，对园区公司进行尽职调查，全面、客观、真实地了解公司的财务状况、内控制度、公司治理、主营业务等事项、起草尽职调查报告并制作备案文件。

项目小组完成尽职调查后，提请推荐主办券商的内核机构审核。

主办券商同时需成立内核小组，负责备案文件的审核，并对以下事项发表审核意见：项目小组是否对拟推荐公司进行了尽职调查；拟推荐公司拟披露信息是否符合规则要求；是否同意推荐挂牌。

(5)由主办券商向协会报送推荐挂牌备案文件。

推荐主办券商对拟挂牌公司尽职调查后，同意推荐挂牌的，出具推荐报告，并向协会报送推荐挂牌备案文件。

(6)协会备案。

协会在受理之日起 50 个工作日内，对备案文件进行审查。审查的主要内容有：

①备案文件是否齐备。

②主办券商是否已按照尽职调查工作指引的要求，对所推荐的公司进行了尽职调查。

③该公司拟披露的信息是否符合信息披露规则的要求。

④主办券商对备案文件是否履行了内核程序。

审查无异议的，向主办券商出具备案确认函。有异议而决定不予备案的，应向主办券商出具书面通知并说明原因。

(7)股份集中登记 。

取得协会备案确认函后，公司需与中国证券登记结算有限责任公司深圳分公司签订证券登记服务协议，办理全部股份的集中登记。

投资者持有股份应托管在主办券商处。初始登记的股份，托管在推荐主办券商处。

主办券商应将所托管股份存管在证券登记结算机构。

公司可要求推荐主办券商协助办理上述事项。

公司控股股东及实际控制人挂牌前直接或间接持有的股份分三批进入系统转让，每批进入的数量均为其所持股份的 1/3。

进入的时间分别为挂牌之日、挂牌期满一年和两年。

(8)披露股份报价转让说明书。

办理好股份的集中登记后，公司与主办券商券商协商，确定股份挂牌日期。在股份挂牌前，公司应在代办股份转让信息披露平台上发布股份报价转让说明书。说明书应包括以下内容：

①风险及重大事项提示。

②批准试点和推荐备案情况。

③股份挂牌情况。

④公司基本情况。

⑤公司董事、监事、高级管理人员及核心技术人员。

⑥公司业务和技术情况。

⑦公司业务发展目标及其风险因素。

⑧公司治理。

⑨公司财务会计信息。

⑩北京市政府批准公司进行试点的情况。

公司挂牌报价后，应履行持续信息披露义务，披露年度报告、半年度报告和临时报告。推荐主办券商对所推荐的公司信息披露负有督导的职责。

主办券商对拟挂牌公司进行尽职调查、召开内核会议，并决定是否向协会推荐备案。符合条件的主办券商对其进行尽职调查，并出具推荐报告。

内核是新三板挂牌的重要环节，主办券商内核委员会议审议，拟挂牌公司的书面备案文件，并决定是否向协会推荐挂牌。同意推荐目标公司挂牌的，向协会出具《推荐报告》。

协会对备案文件进行严格的书面审查，承担主要的监管职责，对拟上市公司无疑义才可完成备案程序在代办系统挂牌上市进行交易。

公司挂牌后，主办券商履行持续信息披露义务，负有较大的推荐责任。

备案制的特点是挂牌过程中，主办券商享有主导权和判断权。拟挂牌公司自身的质地是否优良，行业发展前景、科技创新性、成长性和盈利能力的强弱是决定主办券商愿不愿意向协会推荐的主因。

虽然目前只有中关村科技园区有在新三板挂牌上市的资格，其他国家级高新园区的挂牌上市资格还没有批，但批准后的挂牌上市流程，会与目前中关村科技园区非上市股份公司申请股份挂牌报价转让流程一样或相近亦或相似。

目前，在新三板上市依据"证券公司代办股份转让系统中关村科技园区非上市股份有限公司股份报价转让试点办法(暂行)"的第二章股份挂牌中有一些规定：

第十条规定，非上市公司申请股份在代办系统挂牌，须委托一家主办券商作为其推荐主办券商，向协会进行推荐。

申请股份挂牌的非上市公司应与推荐主办券商签订推荐挂牌协议。

第十一条规定，推荐主办券商应对申请股份挂牌的非上市公司进行尽职调查，同意推荐挂牌的，出具推荐报告，并向协会报送推荐挂牌备案文件。

第十二条规定，协会对推荐挂牌备案文件无异议的，自受理之日起五十个工作日内向推荐主办券商出具备案确认函。

第十三条规定，推荐主办券商取得协会备案确认函后，应督促非上市公司在股份挂牌前与证券登记结算机构签订证券登记服务协议，办理全部股份的集中登记。证券登记结算机构是指中国证券登记结算有限责任公司。

第十四条规定，投资者持有的非上市公司股份应当托管在主办券商处。初始登记的股份，托管在推荐主办券商处。主办券商应将其所托管的非上市公司股份存管在证券登记结算机构(图 2-1)。

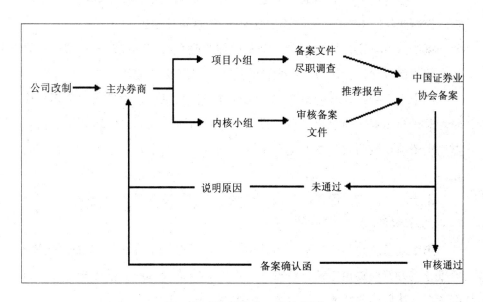

**图 2-1 新三板上市工作流程图**

# 五、新三板证券市场股票流通规定

目前，在新三板上市依据"证券公司代办股份转让系统中关村科技园区非上市股份有限公司股份报价转让试点办法（暂行）"的第二章股份挂牌中一些规定：

第十五条规定，非上市公司控股股东及实际控制人挂牌前直接或间接持有的股份分三批进入代办系统转让，每批进入的数量均为其所持股份三分之一。进入的时间分别为挂牌之日、挂牌期满一年和两年。控股股东和实际控制人依照《中华人民共和国公司法》的规定认定。

第十六条规定，挂牌前十二个月内控股股东及实际控制人直接或间接持有的股份进行过转让的，该股份的管理适用前条的规定。

第十七条规定，挂牌前十二个月内挂牌公司进行过增资的，货币出资新增股份自工商变更登记之日起满十二个月可进入代办系统转让，非货币财产出资新增股份自工商变更登记之日起满二十四个月可进入代办系统转让。

第十八条规定，因司法裁决、继承等原因导致有限售期的股份发生转移的，后续持有人仍需遵守前述规定。

第十九条规定，股份解除转让限制进入代办系统转让，应由挂牌公司向推荐主办券商提出申请。经推荐主办券商审核同意后，报协会备案。协会备案确认后，通知证券登记结算机构办理解除限售登记。

第二十条规定，挂牌公司董事、监事、高级管理人员所持本公司股份按《中华人民共和国公司法》的有关规定应当进行或解除转让限制的，应由挂牌公司向推荐主办券商提出申请，推荐主办券商审核同意后，报协会备案。协会备案确认后，通知证券登记结算机构办理相关手续。

从规定中可以看出，新三板证券市场上的挂牌上市公司，上市前股份即原始股东分为三类，一是控股股东、实际控制人及其一致行动人。二是董事、监事、高级管理人员。三是其他普通原始股东。

而且为了稳定市场，新三板市场对挂牌上市的公司股份转让，做了一些限制性的规定，限售规定可以归纳为：

①非上市公司控股股东及实际控制人挂牌前直接或间接持有的股份分三批进入代办系统转让，每批进入的数量均为其所持股份的三分之一。进入的时间分别为挂牌之日、挂牌期满一年和两年。

②挂牌前十二个月内控股股东及实际控制人直接或间接持有的股份进行过转让的，该股份的管理适用前条的规定。

③董事、监事、高级管理人员所持股份，按照公司法有关规定进行或解除转让限制（即每年转让不超过所持股份25%的规定）。

④挂牌前十二个月内挂牌公司进行过增资的，货币出资新增股份自工商变更登记之日起满十二个月可进入代办系统转让，非货币财产出资新增股份自工商变更登记之日起满二十四个月可进入代办系统转让。

⑤对其他股东所持股份，不做限制。就是说，除控股股东、实际控制人、董事、监事和高管人员外，新三板挂牌公司挂牌前其他股份可一次性全部进入代办系统报价转让。

# 六、新三板证券市场信息披露规则

股份进入证券公司代办股份转让系统报价转让的中关村科技园区非上市股份有限公司信息披露规则，规定了挂牌公司信息披露要求的最低标准。但挂牌公司可参照上市公司信息披露标准，自愿进行更为充分的信息披露。

挂牌公司及其董事和相关责任人应保证信息披露内容的真实、准确、完整，不存在虚假记载、误导性陈述或重大遗漏。

挂牌公司披露的信息，应经董事长或其授权的董事签字确认。若有虚假陈述，董事长应承担相应责任。

挂牌公司设有董事会秘书的，由董事会秘书负责信息披露事务。未设董事会秘书的，挂牌公司应指定一名具有相关专业知识的人员负责信息披露事务。

挂牌公司负责信息披露事务的人员应列席公司的董事会和股东大会。

推荐主办券商负责指导和督促所推荐挂牌公司规范履行信息披露义务，对其信息披露文件进行形式审查。

挂牌公司和推荐主办券商披露的信息应在代办股份转让信息披露平台发布，在其他媒体披露信息的时间不得早于专门网站的披露时间。

**(一) 挂牌报价转让前的信息披露**

挂牌报价转让前，挂牌公司应披露股份报价转让说明书。

股份报价转让说明书应包括以下内容：

(1) 公司基本情况。

(2) 公司董事、监事、高级管理人员、核心技术人员及其持股情况。

(3) 公司业务和技术情况。

(4) 公司业务发展目标及其风险因素。

(5) 公司治理情况。

(6) 公司财务会计信息。

(7) 北京市人民政府批准公司进行股份报价转让试点的情况。

推荐主办券商应在挂牌公司披露股份报价转让说明书的同时披露推荐报告。

**(二) 持续信息披露**

1. 定期报告

挂牌公司应在每个会计年度结束之日起四个月内编制并披露年度报告。挂牌公司年度报告中的财务报告必须经会计师事务所审计。

年度报告应包括以下内容：

(1) 公司基本情况。

(2) 最近两年主要财务数据和指标。

(3) 最近一年的股本变动情况及报告期末已解除限售登记股份数量。

(4) 股东人数，前十名股东及其持股数量、报告期内持股变动情况、报告期末持有的可转让股份数量和相互间的关联关系。

(5) 董事、监事、高级管理人员、核心技术人员及其持股情况。

（6）董事会关于经营情况、财务状况和现金流量的分析，以及利润分配预案和重大事项介绍。

（7）审计意见和经审计的资产负债表、利润表、现金流量表以及主要项目的附注。

挂牌公司应在董事会审议通过年度报告之日起两个报价日内，以书面和电子文档的方式向推荐主办券商报送下列文件并披露：

（1）年度报告全文。

（2）审计报告。

（3）董事会决议及其公告文稿。

（4）推荐主办券商要求的其他文件。

挂牌公司应在每个会计年度的上半年结束之日起两个月内编制并披露半年度报告。半年度报告应包括以下内容：

（1）公司基本情况。

（2）报告期的主要财务数据和指标。

（3）股本变动情况及报告期末已解除限售登记股份数量。

（4）股东人数，前十名股东及其持股数量、报告期内持股变动情况、报告期末持有的可转让股份数量和相互间的关联关系。

（5）董事、监事、高级管理人员、核心技术人员及其持股情况。

（6）董事会关于经营情况、财务状况和现金流量的分析，以及利润分配预案和重大事项介绍。

（7）资产负债表、利润表、现金流量表及主要项目的附注。

半年度报告的财务报告可以不经审计，但有下列情形之一的，应当经会计师事务所审计：

（1）拟在下半年进行利润分配、公积金转增股本或弥补亏损的。

（2）拟在下半年进行定向增资的。

（3）中国证券业协会认为应当审计的其他情形。

财务报告未经审计的，应当注明"未经审计"字样。财务报告经过审计的，若注册会计师出具的审计意见为标准无保留意见，公司应说明注册会计师出具标准无保留意见的审计报告；若注册会计师出具的审计意见为非标准无保留意见，公司应披露审计意见全文及公司管理层对审计意见涉及事项的说明。

挂牌公司应在董事会审议通过半年度报告之日起两个报价日内，以书面和电子文档的方式向推荐主办券商报送下列文件并披露：

(1)半年度报告全文。

(2)审计报告(如有)。

(3)董事会决议及其公告文稿。

(4)推荐主办券商要求的其他文件。

挂牌公司可在每个会计年度前三个月、九个月结束之日起一个月内自愿编制并披露季度报告。挂牌公司第一季度季度报告的披露时间不得早于上一年度年度报告的披露时间。

挂牌公司应在董事会审议通过季度报告之日起两个报价日内，以书面和电子文档的方式向推荐主办券商报送下列文件并披露：

(1)季度报告全文。

(2)董事会决议及其公告文稿。

(3)推荐主办券商要求的其他文件。

2.临时报告

挂牌公司召开董事会、监事会、股东大会会议，应在会议结束后两个报价日内将相关决议报送推荐主办券商备案。决议涉及第十六条相关事项的应披露。

挂牌公司出现以下情形之一的，应自事实发生之日起两个报价日内向推荐主办券商报告并披露：

(1)经营方针和经营范围的重大变化。

(2)发生或预计发生重大亏损、重大损失。

(3)合并、分立、解散及破产。

(4)控股股东或实际控制人发生变更。

(5)重大资产重组。

(6)重大关联交易。

(7)重大或有事项，包括但不限于重大诉讼、重大仲裁、重大担保。

(8)法院裁定禁止有控制权的大股东转让其所持公司股份。

(9)董事长或总经理发生变动。

(10)变更会计师事务所。

(11)主要银行账号被冻结，正常经营活动受影响。

(12)因涉嫌违反法律、法规被有关部门调查或受到行政处罚。

(13)涉及公司增资扩股和公开发行股票的有关事项。

(14)推荐主办券商认为需要披露的其他事项。

挂牌公司有限售期的股份解除转让限制前一报价日，挂牌公司须发布股份解除转让限制公告。

# 第三章　新三板状态

# 一、企业在新三板证券市场上市的好处

## (一) 有助于中小企业提升企业的品牌价值及市场影响力

企业传播品牌或形象主要有三个途径，口碑、广告和营销。其实，中、小、微型企业上市具有更强的品牌传播效应。因为中、小、微型企业进入资本市场，就表明中、小、微型企业的成长性、市场潜力和发展前景得到了承认，这本身就是荣誉的象征，对中、小、微型企业的品牌建设作用巨大。其广告效果可使企业快速在行业中引人注目，吸引市场的关注度。

更重要的是，每日的交易行情、公司股票的涨跌，也是千百万投资者必看的公司广告；相关媒体对上市公司拓展新业务及资本市场运作新动向的追踪报道，有助于企业吸引成千上万投资者的眼球；机构投资者和证券分析师对企业的实时调查、行业分析，能够进一步挖掘企业的潜在价值。

## (二) 上市有助于中小企业股权的增值

中、小、微型企业在新三板上市后，和主板市场上的企业一样，相当于为企业资产的"证券化"提供了一个交易平台，增加了公司股票的流动性。上市后资本市场的公开交易，也有利于发现企业的价值，实现企业股权的增值，为企业股东带来高额益价财富，并可以在新三板股票市场套现。

而且，企业所有持股人都可以将自己的股票出售套现。根据 2011 年 12 月 13 日新三板的交易数据显示，现代农装（430010）当日套现近 1000 万，实际套现 9984000.00 元。结止 2011 年 12 月 25 日，新三板实际套现（换手）成交金额 5.2501 亿元。

## (三) 可以充分利用资本市场融资

中、小、微型企业在新三板上市，可以充分利用资本市场融资，使公司的资产价值将成倍甚至数十倍地增加，原始股东的价值也会得到最大体现。例如上市前 100 万的价值，上市后有达到几千万甚至上亿的可能，并且随时都有在市场套现的机会。

此外，中、小、微型企业上市直接融资时不存在还本付息的压力，有效增强企业创业与创新的动力和能力。借助新三板市场上市融资，有助于中、小、微型企业打破融资瓶颈束缚，获得长期稳定的资金，改善企业的资本结构。而且股权融资"风险共担，收益共享"的独特机制有助中小企业实现股权资本收益的最大化。配股、增发、转债等多种金融工具有助于中小企业实现低成本的持续融资。

上市可以充分利用资本市场融资。上市公司的资产价值将成倍甚至数十倍地增加，原始股东和创业者的价值也得到了最大的体现。

例如：诺思兰德(430047)是以有限责任公司整体变更的方式发起设立的股份有限公司，于2009年2月18日上市，如果改制时原始股为1.00元／股，该公司股票从2010年4月至今(2011年12月26日)的转让成交价都是30.00元。可以说，上市前的100万到目前的市值以高达3000万元。

### (四) 完善公司治理，夯实基础管理、实现规范发展

中、小、微型企业的上市新三板，都会依法着手明晰产权关系，规范纳税行为，完善公司治理、建立现代企业制度。即使登陆新三板后，企业的工作重点仍然会围绕资本市场，不断的完善公司治理，夯实基础管理、实现规范发展的过程。

中、小、微型企业上市前，首先要对企业内外部环境进行分析，并评价自身优劣势，找准定位，使企业发展战略清晰化。上市进程中，律师事务所和会计师事务所等众多专业机构会为企业出谋划策，经过清产核资等一系列过程，帮助中小企业明晰产权关系，规范纳税行为，完善公司治理、建立现代企业制度。

此外，企业上市后的退市和被并购风险，能促使企业高管人员更加诚实信用、勤勉尽责，促进企业持续规范发展。中、小、微型企业上市后建立的以股权为核心的、完善的激励机制，也有助于吸引和留住核心管理人员以及关键技术人才，为企业的长期稳定发展奠定坚实的基础。由此可见，中、小、微型企业上市的过程，就是明确企业发展方向。

### （五）依托上市融资后转板上市

中、小、微型企业在新三板上市融到资后，企业会进一步发展壮大，经过一阶段的培育，会将一个成长性较好的企业发展成成熟企业，达到上中小板或创业板的上市条件，继而转板上市，融更多的资，使企业依托资本市场更好的发展。

资本市场是每一家企业都应该去经历的，因为只有经过市场考验、被市场认可的企业才是真正优秀的企业。

市场总是眷顾强者，不会怜悯弱者，弱者只会在更透明、更规范的竞争中被淘汰，这就是资本市场的企业生存规则。而企业在资本市场上迈出的一小步，将成为靠近成功的一大步。

# 二、在新三板证券市场上市可以享受的优惠政策

以目前北京中关村为例：

上市新三板的先决条件就是通过了国家高新技术企业认定。通过国家高新技术企业认定后的企业在中关村可以享受以下优惠政策：

（1）凡经认定的高新技术企业，企业所得税税率由原来的25%降为15%，相当于在原来基础上降低了40%（详见2008年1月起实行的《企业所得税法》二十八条），连续三年，三年期满之后可以申请复审，复审通过继续享受三年税收优惠，一共是六年（如年纳税100万，申报通过当年，即可享受减免40万的优惠，三年就可减免120万税收，六年则减免240万）。

（2）北京高新技术企业人才政策。

本市行政区域内的高等学校、科研机构的应届毕业生应聘于中关村科技园区内的高新技术企业，可以直接办理本市常住户口。

凡经市经委根据《来京投资企业及其高级管理人员认定办法》认定的来京投资企业高级管理人员，企业可以为其申请一次性购房专项奖励。购房专项奖励标准为来京投资企业高级管理人员，本人购房是上一年度缴纳个人所得税数额地方留成部分的80%。

来京投资企业的高级管理人员的子女在京参加高考可与北京籍考生同等对待；来京投资企业职工及子女可参加北京市普通高中毕业会考；来京投资企业申请其在京职工子女入本市中小学借读，由区县教育行政主管部门按照有关规定就近安排。

市财政预算中安排专项资金，用于软件企业高级管理人员和技术人员兴办高新技术企业或增加本企业资本金投入以及个人第一次购买住房、轿车的资金补助，补助标准不超过个人上年已缴纳个人所得税的80%。

根据企业自愿的原则，软件企业从业人员住房公积金的缴存比例可提高到20%。

(3)北京高新技术企业融资、产业、项目扶持政策。

中关村改制上市资金扶持对于改制、代办系统挂牌和境内外上市的中关村高新技术企业分别一次性给予30万元、60万元和200万元的资金补贴。

(4)经认定的高新技术企业可凭批准文件和《高新技术企业认定证书》办理享受国家、省、市有关优惠政策，更容易获得国家、省、市各级的科研经费支持和财政拨款；高新技术企业称号将会是众多政策性如资金扶持等的一个基本门槛。

(5)高新技术企业的认定，将有效地提高企业的科技研发管理水平，重视科技研发，提高企业核心竞争力，能为企业在市场竞争中提供有力的资质，极大地提升企业品牌形象，无论是广告宣传还是产品招投标工程，都将有非常大的帮助。

(6)高新技术企业不仅能减免企业所得税，无论对于何种企业都是一个难得的国家级的资质认证，对依靠科技立身的企业更是不可或缺的硬招牌，其品牌影响力仅次于中国名牌产品、中国驰名商标、国家免检产品。

虽然这只是优惠政策的一部分，但综合来看，中、小、微型企业的受益是非常大，扶持过程足以让中、小、微型企业快速、稳步发展。

# 三、新三板是中小板、创业板的预备役

截至 2011 年 12 月 31 日，新三板挂牌的 102 家企业已有 5 家企业成功转板，分别为久其软件 (002279)、世纪瑞尔 (300150)、北陆药业 (300016)、佳讯飞鸿 (300213) 和紫光华宇 (300271)，其中紫光华宇于 2011 年 10 月 10 日进行网下配售与网上定价发行，成功登陆创业板。

现在正在交易的 97 只股票中，据不完全统计，拟创业板 IPO 正在等候发审的有四家：

①世纪东方 (430043) 拟创业板 IPO，2011 年 3 月 8 日，首次申请获股东会议通过，2011 年 8 月 3 日暂停报价转让，等候发审。

②安控科技 (430030) 拟创业板 IPO，2010 年 12 月 8 日，首次申请获股东会议通过，2011 年 7 月 6 日，暂停报价转让，等候发审

③博晖创新 (430012) 拟创业板 IPO，2011 年 7 月 26 日申请获股东会议通过，2011 年 8 月 27 日暂停报价转让，等候发审。

④东土科技 (430045) 拟创业板 IPO，2011 年 9 月 17 日申请获股东会议通过。2011 年 11 月 30 日暂停报价转让，等候发审。

目前，新三板企业正在拟 IPO 的有七家：

①盖特佳 (430015) 拟 IPO，2008 年 2 月 25 日股东会议通过在适当时机启动在国内多层次资本市场首次发行新股及上市工作。

②中科软 (430002) 拟 IPO，2008 年 4 月 25 日股东会议通过在适当的时候进行首次公开发行股票并上市。

③绿创环保 (430004) 拟创业板 IPO，2008 年 5 月 17 日股东会议通过授权董事会办理公司首次公开发行股票及上市工作具体事宜。

④大地股份 (430034) 拟 IPO，2010 年 4 月 23 日股东会议通过关于授权董事会适时启动 IPO 的议案。

⑤金和软件 (430024) 拟创业板 IPO，2010 年 6 月 8 日首次申请获股东会议通过。

⑥中海阳(430065)拟创业板 IPO，2011 年 8 月 19 日首次申请获股东会议通过。

⑦康斯特(430040)拟创业板 IPO，2011 年 11 月 24 日首次申请获股东会议通过。

综上所述，可以看出转板率达 4.95%。等候发审的和拟 IPO 的加在一起高达 11.46%。有数据显示，达到创业板财务要求没有申请 IPO 的还有 40 个左右。所以说，新三板是中小板、创业板的培育基地。

# 四、新三板证券市场融资的主要途径

新三板证券市场融资的主要途径有：

①发行股票。

②增发股票。

③吸引风投投资。

④吸引机构战略投资者投资。

⑤发行集合债券。

⑥可以在上市新三板后，股票市值增长时，用高市值带来的高估值向银行直接或间接做股权质押贷款。

新三板融资与 IPO 的直接融资不同，企业一般在上市之后，在将股价涨到一定价格后，才开始着手进行公募或私募融资。目前法律并不禁止挂牌公司公开发行股票，也不禁止拟挂牌公司首次公开发行股票。

据统计，2011 年以来，截止到 10 月 10 日，新三板挂牌企业当中，公布定向增资预案的企业已达 16 家。这一增发企业数字超过此前 5 年的总和。之前从 2006 年新三板试点开闸至 2010 年年底，共有 15 家新三板挂牌公司进行过 18 次定向增发。

在 2011 年公布定向增资预案的 16 家企业，平均每家企业融资规模为 4309 万元，摊薄后平均增发市盈率为 19 倍。而在新三板扩容预期高涨的 2010 年，仅有 9 家公司就通过定向增资募集到 4.38 亿资金，平均每家筹得 4867 万元。

目前在新三板上市，第一次获得融资数额，是根据申请上市企业的情况而定的，不同的情况，融到的资金也不会一样，多少会有差别，但一般最少都会融到 2000～3000 万元左右。

其实，在新三板上市融资，能融多少，企业本身的质地决定融资结果。

(1)如果企业质地好，高新技术转化为生产力、转化为商品的效果好，成长性明显偏高的企业，自然能融资多，不仅能融到资，而且可以融到超过预期的资金来投入更高的研究领域和生产领域，并且伴随而来的是可以转板上市，到更成熟的中小板或创业板 IPO 融更多的资、做更大的事。

(2)如果上市新三板的企业质地一般，高新技术研发与转换都居于其行业中等，或偏下的情况下，融到的资金会很少，但也不会低于 2000 万，这是一个基点。

(3)如果上市新三板的企业质地不好，所研发的高新技术前景模糊，技术转化生产力、转化商品过程中转化率低、盈利状况较差，新技术的升级换代慢，跟不上发展需要，效益甚至总徘徊在亏损与盈利的边缘，这样的企业虽然能上新三板挂牌交易，但上市就能融到资的可能性较小。这样的企业通过上市新三板的过程，达到了企业结构治理、经营治理、财务治理，在不断改善的征途上获得融资的可能性较大，总比不上新三板时融到资的机会要大得多。

在新三板上市融资基数一般是 3000 万左右，现在已上新三板的公司都有公开数据，这一点从各家证券公司的股票行情软件上可以查询。举两个例子：

(1)中讯四方(430075)，2011 年 11 月 14 日公告称：2011 年第一次临时股东大会决议，经中国证券业协会备案函(中证协[2011]345 号)确认后，公司以非公开定向增资的方式成功增资 600 万股有限售条件的人民币普通股，募集资金 3000 万元。

(2)清畅电力(430057)2011 年 10 月 24 日公告称：经中国证券业协会备案函(中证协函[2011]259 号)确认。公司以非公开定向增资的方式成功增资 850 万股有限售条件的人民币普通股，募集资金 5100 万元。

就拿过去的 2010 年来说，新三板一年内共计有 9 家公司完成 10 次定向增发，总融资额达 4.38 亿元，平均每家可达 4000～5000 千万。

2011 年 1 月 4 日，北京时代(430003)发布定向增资结果报告书：成功增资 1000 万股，募集资金 6000 万元。

2011 年 8 月 30 日，现代农装(430010)发布定向增资结果报告书：成功增资 3000 万股，募集资金 1.8 亿元。今年以来共计 7 家挂牌公司完成定向增发，合计增发股本 7079.2 万股，募集资金 5.87 亿元，这一数据超出去年全年水平。

在今年已经完成增发的 7 家企业中，发行市盈率最高的诺思兰德，其增发 189.2 万股，每股发行价 21 元，募集资金 3973.2 万元，但是其每股收益为 0.01 元，发行市盈率达到 2100 倍。

列举的只是增发融资的一种，其他方式的融资更多，不一一列举。所以说，上市新三板可融资几千万是确切的。

在新三板上市融资，甚至融资几个亿也同样是有的，只是由于这个市场基本是成长性较好创业阶段的企业，使用的资金规模一般都较小，约在 1 个亿以下。所以融资几个亿的较少，现在已经上新三板的公司都有公开数据，这一点从各家证券公司的股票行情软件上都可查询。举个例子：

2010 年 3 月 19 日中海阳(430065)在新三板挂版上市交易，总股本 4750 万，目前(2011 年 11 月 23 日)总股本已达 1.4 亿。

中海阳(430065)2010 年 7 月 1 日为股权登记日，本次定向增资股份不超过 1,250 万股，每股人民币 9 元，募集资金 1.125 亿。

中海阳(430065)2011 年 1 月 28 日为股权登记日。 定向增资不超过 1000 万股(含 1000 万股)，每股价格为人民币 21.2 元，融资额不超过 2.12 亿。

该公司还有以其他方式的融资，就不一一举例了。但就这两个过程看，在短短的半年两次融资就达 3.3 亿以上。

所以说，上市新三板也可以融资几个亿，只要项目需要，就可以根据项目的需求申请融资额度。

2012 年 1 月 5 日统计，2011 年成功增发总额合计 87113.5578 万元。详情见表 3-1。

表 3-1　2011 年增发详情

| 股票代码 | 股票名称 | 成功增资(万元) | 增发价格(元) |
|---|---|---|---|
| 430029 | 金泰得 | 1665.1228 | 5.5 |
| 430065 | 中海阳 | 11250 | 9 |
| 430033 | 彩讯科技 | 2600 | 5 |
| 430037 | 联飞翔 | 4950 | 5.5 |
| 430003 | 北京时代 | 6000 | 6 |
| 430051 | 九恒星 | 779.985 | 1.7333 |
| 430020 | 建工华创 | 3780 | 7 |
| 430047 | 诺思兰德 | 3973.2 | 21 |
| 430065 | 中海阳 | 21200 | 21.2 |
| 430010 | 现代农装 | 18000 | 6 |
| 430051 | 九恒星 | 2315.25 | 4.725 |
| 430071 | 首都在线 | 990 | 11 |
| 430057 | 清畅电力 | 5100 | 6 |
| 430075 | 中讯四方 | 3000 | 5 |
| 430027 | 北科光大 | 1509.1 | 4.34 |
| 2011 成功增发总额 | | 87113.5578 | |

# 五、新三板证券市场的套现功能

　　新三板的上市公司股东可将持有的股票高价套现，这是法律允许的，特别是在新三板市场，如果没有股东的套现，这个市场的股票(股权)就没有流动性，就没有生机和活力，一级市场的魅力就会尽失。所谓股东高价套现，实际是指现在的公司股东认为眼下卖掉股权(股票)比持有股权更有价值，而这时买入股权的人会认为，眼下趁有人卖出而自己买入正是机会。就是说买入者可能会赚钱，也可能会赔钱，这就是市场行为。新三板市场的交易和股票二级市的交易过程虽然不同，但投机交易功能是相同的。这个市场如果缺少了投机，就不会有投资，融资功能就会大大减弱。目前市场内的 PE、VC 和各种类型的资金都是投资来的，还是投机来的，能说的清楚吗。但有一点，这些资金在国家好的政策下活跃了这个市场，给这个市场带来了好处。

如果新三板市场的上市公司的股东都不套现，还会有人来买吗，还能称之为市场吗。一般讲，控股股东如果出现了套现行为，小额的是可容忍的，如果数量较大，小大股东可能就要有麻烦。因此，只要大股东不动，小股东低吸高抛的投机行为也是资本运作的范畴。

千万不要忽视了这个市场很重要的一项功能，就是可使股东在想变现时能够通过市场依法将股权(股票)变现。但变现的前提是价格，谁愿意在低价套现呢，谁都不愿意。到这个市场来干什么，无论投资，还是投机，其结果都一样，为了赚钱，低价不能赚钱时是没有人会套现的。所以说，只要不是在特殊情况下，肯定套现过程发生在相对高价的位置，这实质就是高价套现。

投机交易可使市场活跃，能够使有人买时有人卖，有人卖时有人买。市场机制决定市场行为，资本运作的本质就具有投机的含义。投机的实质是一种经营，一种精明的经营行为和投资行为，是资本运作的高级阶段。因此说，目前新三板市场的不活跃，就是缺少投机行为。也是基于此，新三板引入个人投资者的呼声越来越高，以经引起管理层的高度重视。

引入做市商制度后，如果投机交易氛围不够，很可能导致做市商被股东。当然，投机交易是要受到监控的，不能过度投机才能使市场健康发展。因此，新三板市场应当引入适当的投机交易。

那么，股东在股权(股票)要套现时会不会有人接，怎样才能套现。其实在新三板市场股票套现有三种方式：

一是现价套现，就是在市场上挂单卖出，价格与现价相同，标注卖出数量即可，公司状态较好的，平时会有人关注，一旦出现卖盘会立即有人买入，如果公司状态一般的，卖出时间会较长，因为关注的人少或不认可你公司的经营，就不会有人买入。

二是折价卖出，就是市场现价是 20 元，有人想 15 元买入，你按对方出的价卖出，成交后称折价套现。持有原始股的通过折价套现，是套现最快的，套现的同时也给对方留下了获利空间。

三是协商套现，买卖双方商量好价格，一个以商量好的价格卖出的同时，另一个以商量好的价格买入，也称协商股份转让。

但新三板市场上，从每天的交易行情看，平均每天都有百万左右的交易。例如：2011 年 11 月 22 日的成交情况（表 3-2）。

**表 3-2  2011 年 11 月 22 日交易情况**

| 证券代码 | 成交价 | 股票简称 | 成交量(股) | 成交额(元) |
|---|---|---|---|---|
| 430011 | 指南针 | 3.940 | 105130 | 414520.000 |
| 430014 | 恒业世纪 | 4.100 | 30000 | 123000.000 |
| 430074 | 德鑫物联 | 7.000 | 100000 | 700000.000 |

合计成交：123.752 万元。说股东套现 123.752 万元，买入股票的成为了新的股东。

有 102 家企业通过了证券业协会备案参与试点，其中已转板 5 家，在交易的 97 家。截至 2011 年 12 月 31 日，新三板挂牌公司 91 家，总股本 32.5698 亿股，成交数 827 笔，成交股数 9544.2564 万股，成交金额 5.6028 亿元。

这里的成交金额 5.6028 亿元，就可以理解为有众多股东，就是股权（股票）持有者卖掉了股权（股票），所套现的资金总额为 5.6028 亿元。同时也可以理解为有众多机构投资者完成了股权（股票）收购，成为了新三板上的上市公司新股东。

所以说，新三板市场是可以实现套现（股权变现）的。特别是新三板实行做市商制度后，做市商要持续报价，套现随时都能够成为现实。

# 六、新三板上市后市值可能会提升几十倍

在新三板上市时，多数公司总股本只有 3000 万股左右，上市后价格也只有一两元左右，市值 3000 万至 6000 万左右。如果公司上市后成长性被挖掘出来，业绩有所突破，价格很快就会被众多买者抬起来，有的甚至

可达 20 或 30 元。就拿 20 元来说吧，乘以 3000 万股就是 6 个亿，30 元乘以 3000 万股就是 9 个亿。所以说新三板市场上的公司能够短期内市值增加几十倍。

这一点在证券公司的股票分析软件上，都可以查到从历史到今天的趋势变化过程。从一两元起步，涨到 20 元左右的不在少数。

不过，现在实行的是协议成交制度，价格的真实性需要确认后在确定市值。但做市商制度推出后这种情况会得到改善，在做市商不间断的报价中会让真实的公司价值浮出水面。

# 七、新三板上市与 IPO 相比的优势

(1)新三板上市与 IPO 相比，具有风险低、经济、便捷等优势，更具有可行性和可控性。而且欲上市企业采取此途径可以 100% 保证获得上市资格，避免直接上市的高昂费用与上市流产的风险。目前许多企业家看重这些优势，选择在新三板上市，快速进入资本市场进行融资，实现资本增值，并提高企业在市场的声誉。

(2)在新三板上市时间周期短，一般只需要 3~6 个月。而一个完整的 IPO 上市计划最快也要 3~5 年。并且财务费用很高，是中小企业难以承担的，微型企业更是想都不敢想。

(3)与主板、中小板、创业板相比，在新三板上市的优势还有，不因出身是"个体"、"民企"而受歧视。避开 IPO 对产业政策的苛刻要求，不用考虑 IPO 上市对经营历史、股本结构、资产负债结构、盈利能力、重大资产(债务)重组、控股权和管理层的稳定性、公司治理结构等诸多方面的特殊要求。

(4)中国的创业板虽然对国内的高新企业有着极大的吸引力，融资数量也很大，但是准入的门槛还是相当高。而新三板市场的上市标准极低，快速发展中的国内中小微型企业在此能够很轻易地上市，且当企业"羽翼丰满"时，可以再转创业板或中小板。

新三板能够同时满足企业无形资产的增值及扩大品牌效应的需求；能够帮助企业完善激励机制，使其团队获得期权后能够在该市场得以完全实现股权变现；能够帮助企业圆一个参与全球化竞争的梦想，让企业的产品以最快的速度为世界所认知。

所以，到新三板上市是国内中小微型企业的最佳选择。

表 3-3 新三板与创业板、主板优势比较

| 项目 | 新三板 | 创业板 | 主板 |
|---|---|---|---|
| 主体资格 | 非上市股份公司 | 依法设立且合法存续的股份有限公司 | 依法设立且合法存续的股份有限公司 |
| 经营年限 | 存续满两年 | 持续经营时间在3年以上 | 持续经营时间在3年以上 |
| 盈利要求 | 具有持续经营能力 | 最近两年连续盈利,最近两年净利润累计不少于1000万元且持续增长。(或)最近1年盈利,且净利润不少于500万元,最近1年营业收入不少于5000万元,最近2年营业收入增长率均不低于30%。 | 最近三个会计年度净利润均为正数且累计超过3000万元 |
| 资产要求 | 无限制 | 最近一期末净资产不少于2000万元,且不存在未弥补亏损 | 最近一期末无形资产(扣除土地使用权、水面养殖权和采矿权等后)占净资产的比例不高于20% |
| 股本要求 | 无限制 | 发行后股本总额不少于3000万元 | 发行前股本总额不少于人民币3000万元 |
| 主营业务 | 主营业务突出 | 最近2年内没有发生重大变化 | 最近3年内没有发生重大变化 |
| 实际控制人 | 无限制 | 最近2年内未发生变更 | 最近3年内未发生变更 |
| 董事及管理层 | 无限制 | 最近2年内没有发生重大变化 | 最近3年内未发生重大变化 |
| 成长性及创新能力 | 高新技术企业 | "两高五新"企业 | 无限制 |

| 项目 | 新三板 | 创业板 | 主板 |
|------|--------|--------|------|
| 投资人 | 机构与自然人 | 有两年投资经验的投资者 | 无限制 |
| 信息披露之定期报告 | 年报、半年报、临时报告 | 年报、半年报和季报 | 年报、半年报和季报 |
| 备案或审核 | 备案制 | 审核制 | 审核制 |

# 八、新三板挂牌费用成本及优惠政策

目前高新园区对新三板上市有优惠政策，给予挂牌上市费用补贴。企业上市成本利用补贴费用即可全部涵盖所有费用。所以说，目前企业在新三板挂牌上市基本是零成本。

(1)示范区企业在改制上市过程中有下列情形之一的，可申请资助：

①凡申请成为中关村国家自主创新示范区改制上市重点培育计划的企业，已由专业机构辅导下改制为股份有限公司。

②非上市股份有限公司已进入代办股份报价转让系统挂牌。

(2)申请改制资助的企业应符合下列条件：

①中关村高新技术企业；

②中关村企业信用促进会成员；

③由服务机构组织进行改制辅导；

④与证券公司签订改制顾问协议；

⑤已从工商部门取得股份有限公司法人营业执照。

(3)申请进入代办股份报价转让系统挂牌资助的企业应符合下列条件：

①中关村高新技术企业。

②中关村企业信用促进会成员。

③取得中国证券业协会出具的同意企业进入代办转让系统的备案文件。

与主板、中小板及创业板相比，企业申请在新三板挂牌上市交易的费用要低得多。费用一般在120万元左右(依据项目具体情况和主板券商的不同而上下浮动），依据《中关村国家自主创新示范区支持企业改制上市资助资金管理办法》，支持企业改制上市资助金额应依据下列标准：

(1)企业改制资助：每家企业支持 30 万元。

(2)进入股份报价转让系统挂牌资助：每家企业支持 60 万元。

(3)券商资助：主办券商推荐的示范区企业取得《中国证券业协会挂牌报价文件备案确认函》后，每家券商支持 20 万元。

还有一些地方政府也为扶持中小微企业上市新三板提供资助资金，例如北京市海淀区内的企业，在新三板成功挂牌上市后奖励 50 万元。由于各园区资金资助政策不相同，就不一一说明。总之，资助资金可函盖全部上市过程费用，原则上是政府资助多少，上市中介构就收多少，不另外收取。有一些企业质地较好的，各种中介费用也会相应减少，资助资金还会有余款留给企业自用。

每家企业在改制上市过程中的不同阶段，可以分别申请相应的资助。每家企业每项资助只能享受一次。

进行企业改制、在股份报价转让系统挂牌上市的企业以及申请资助的主办券商，应当在有关工作完成的半年内提出资助申请，逾期不予受理。

进行企业改制、在股份报价转让系统挂牌上市的企业，一年内申报示范区其他公共政策支持时，同等条件下优先给予支持。

在新三板市场挂牌后运作成本每年不到 3 万元。每年的主要费用如下：

(1)信息披露费(深圳信息公司收取)：1 万元／年。

(2)监管费(主办报价券商收取)：约 1 万元／年。

(3)交易佣金：0.15%。

(4)印花税：0。

(5)红利个人所得税：0～10%。

# 九、关联交易处理问题

关联关系是指，公司控股股东、实际控制人、董事、监事、高级管理人员与其直接或者间接控制的企业之间的关系，以及可能导致公司利益转移的其他关系。但是，国家控股的企业之间不仅因为同受国家控股而具有关联关系。

关联交易的正面影响反映在可提高企业竞争力和降低交易成本，负面影响在于内幕交易、利润转移、税负回避、市场垄断等。

因此，新三板挂牌对于关联交易的审查非常严格。从理想状况讲，有条件的企业最好能够完全避免关联交易的发生或尽量减少发生。

但是，绝对的避免关联交易背后可能是经营受阻、成本增加、竞争力下降。因此，要辩证的看待关联交易。特别要处理好三个方面的问题：

一是清楚认识关联交易的性质和范围。

二是尽可能减少不重要的关联交易，拒绝不必要和不正常的关联交易。

三是对关联交易的决策程序和财务处理务必要做到合法、规范、严格。

对在新三板挂牌上市的目标公司进行调查，主要调查公司的关联方、关联方关系及关联方交易。

调查途径，主要是通过与公司管理层交谈、查阅公司股权结构图和组织结构图、查阅公司重要会议记录和重要合同等方法，确认公司的关联方及关联方关系。

通过与公司管理层、会计机构和主要业务部门负责人交谈、查阅账簿和相关合同、听取律师及注册会计师意见等方法，调查公司关联方交易的以下内容(包括但不限于)：

(1)决策是否按照公司章程或其他规定履行了必要的审批程序。

(2)定价是否公允，与市场独立第三方价格是否有较大差异，如有，应要求管理层说明原因。

(3)来自关联方的收入占公司主营业务收入的比例、向关联方采购额占公司采购总额的比例是否较高。

(4)对关联方的应收、应付款项余额分别占公司应收、应付款项余额的比例是否较高，关注关联方交易的真实性和关联方应收款项的可收回性。

(5)关联方交易产生的利润占公司利润总额的比例是否较高。

(6)关联方交易有无大额销售退回情况，如有，关注其对公司财务状状况的影响。

(7)是否存在关联方关系非关联化的情形，例如，与非正常业务关系单位或个人发生的偶发性或重大交易，缺乏明显商业理由的交易，实质与形式明显不符的交易，交易价格、条件、形式等明显异常或显失公允的交易，应当考虑是否为虚构的交易、是否实质上是关联方交易、或该交易背后还有其他安排。

(8)关联方交易存在的必要性和持续性。

关联交易和关联人的范围包括：

①购买或出售资产。

②对外投资(含委托理财、委托贷款等)。

③提供财务资助。

④提供担保。

⑤租入或租出资产。

⑥签订管理方面的合同(含委托经营、受托经营等)。

⑦赠与或受赠资产。

⑧债权或债务重组。

⑨研究与开发项目的转移。

⑩签订许可协议。

⑪购买原材料、燃料、动力。

⑫销售产品、商品。

⑬提供或接受劳务。

⑭委托或受托销售。

⑮关联双方共同投资。

⑯其他通过约定可能造成资源或义务转移的事项。

⑰深圳证券交易所认定的其他交易。

公司的关联人包括关联法人、关联自然人和潜在关联人。

# 十、新三板上市审批时间 6 个月左右

在新三板挂牌上市的审批时间短、挂牌程序便捷。

其中，企业申请非上市公司股份报价转让试点资格确认函的审批时间为 5 日。

企业进行股份制改制大约需 2～3 个月。

券商进场后进行尽职调查需要大约 1～2 个月，制作、报送材料。

中国证券协会核准需要 2 个月。

经过中国证券业协会核准以后，就可以进行股份登记并挂牌上市交易。这一阶段全部流程大概需要 6 个月左右时间。

# 十一、新三板上市的约束

(1)公司的资产、财务、经营、管理等等公诸于众，公司难有暗箱操作。

(2)公司挂牌上市有一定的工作量和费用，后续承担履行信息披露义务也要有一定的付出。

(3)公司成为准公众公司后，就要承担起相应的社会责任，受到的制约会增多，加大经营压力。

所以，公司挂牌后需要遵守有关规则，在公司治理、信息披露等方面都有一些规范性要求，还要接受深圳证券交易所、推荐公司挂牌的证券公司督导，所有这些都将给公司的经营管理增加约束，这些约束对管理层来说，可能增添了麻烦，但这些约束对公司的健康、高速、持续、稳定的发展是有益的，毕竟这些规则、约束是长期以来人们关于公司经营管理的经验总结。总之，公司在新三板上市的益处远远大于弊端。

# 十二、新三板上市后不一定要转板

值得关注的是，中小微企业的投资主体和所有制结构多元化，劳动密集度高。但发展不平衡，优势地区较集中。当前中小微企业发展重在"二次创业"和"大学生创业"，自身基础较薄弱。从初创到业务发展过程都不会快到短期使用资金达到几个亿或几十个亿的程度，一般中小微企业的项目需要资金少则几十万或几百万，多则几千万或2~3个亿足矣，只要项目好，这样的资金规模在新三板是完全可以融得到的。

只要中小微高新企业不是要圈钱，只是用于企业发展，新三板上的融资是可以支撑企业几年，甚至十几年或更长时间的发展费用的。一个企业就是跳跃式发展，也不是只用钱而不赚钱的。跳跃式发展是缺少2000万启动资金，融到后用这些资金盈利2个亿，这是跳跃了。不是融了2000万后再融2个亿，然后说发展了，跳跃式发展了，这是错误的。

在新三板上市的目的应当是多种多样的，不一定非要融资才上新三板。为了公司形象、宣传、规范公司发展等等，上新三板都比不上新三板强。

新三板市场对中小微高新企业来讲，是一个完全可以实现低成本融资，高速发展的市场。高速发展是相对于上市新三板前与现在的对比，而不是指就能快速达到主板、中小板、创业板之一的上市所要求的条件。

在新三板市场，企业通过上市前私募、上市后定向增发，形成与公开发行市场互补的私募发行市场。从目前新三板的各种公开数据看，新三板对中小微企业的孵化能力极强，当企业符合条件后，转创业板或中小板都是自然的。

因此，脚踏实地的利用好新三板证券市场的各项功能，专心发展企业，达到转板条件时，可根据企业需求决定是否IPO。所以说，上市新三板后不一定要转板。

虽然在新三板上市后不一定要转板，但企业发展到更高阶段，进入主板、中小板或创业板仍是一个较好的选择。

（1）转板后股东的股票更易流通。

（2）转板后股东的股票会大幅升值，例如在新三板市场上 1 元的股票，转板后都是溢价发行和益价开盘，如果在创业板上开盘价是 30 元，你的股票市就增长了 30 倍。就是说，在新三板市场上有 1 万股 1 元的股票，转板上市值后市值就升值 30 万，开盘价如是 100 元，1 万元买入持有的新三板股票，这时的市值就是 100 万。

目前以转板的久其软件（002279）转板上市后最高曾涨至 64 元。世纪瑞尔（300150）转板上市后最高曾涨至 51 元。北陆药业（300016）转板上市后最高曾涨至 51 元。佳讯飞鸿（300213）转板上市后最高曾涨至 21 元。紫光华宇（300271）转板上市后最高曾涨至 41.87 元。

（3）企业会在转板上市过程中获得高额的直接融资，可融到少则几个亿，多则几十个亿或几百个亿。

# 十三、展望新三板

新三板向国内所有高新园区全面开放前，首先，需要引入做市商制度和确定退市制度十分重要。其次，现在的新三板只有机构投资者才可以交易，且有 200 人的股东限制，这是制约新三板市场发展的因素，最好在扩容前法律法规上在这方面有所突破。第三，扩容前应确定直接转板制度，要与现在的 IPO 不同，是能够直接对接主板、中小板、创业板的转板。最后，扩容的同时应当引入个人投资者，使这个市场尽快活跃起来。

而且应当在扩容前推出应用这些制度，以适应扩容后新一段的试点对内容的需求。

就是说，如果不完善目前的新三板市场整体的法律、法规、制度，在目前状态下再扩容试点应当是没必要的。如果在没加入新内容的情况下继续试点，是浪费时间。经过几年来对中关村园区的试点，可以看出现有的规章制度从挂牌到交易整个完整过程以较为成熟，如不增加新的试点内容，只是在现有情况下发展的话，就不应在继续试点，完全可以在全国所有高新园区推行。

如果仍然继续为了试点而扩大范围，就要增加测试内容。目前看，只有直接转板制度(与现在的 IPO 不同，达到主板、创业板的财务指标可直接申请转板，仍然采用备案制)、退市制度、做市商制度、引入个人投资者的过程需要测试，而且须要测试很长一段时间才能看到实际效果。笔者认为，测试周期即不能过长，也不能太短，适宜的周期应为 2～3 年。试点结束后，新三板在全国范围内开放，形成真正全国统一的新三板证券交易市场：即场外交易电子柜台高新技术企业股份转让市场板。区别于区域性较强的场外交易之一的产权交易所和场外交易之一股权交易所，大宗商品电子交易等，以及其他形式场外交易。

# 第四章　中、小、微型企业创业

# 怎样在新三板上市融资

# 一、中、小、微型企业划型标准规定

根据 2011 年 7 月工业和信息化部、国家统计局、国家发改委和财政部四部门研究制定了《中小企业划型标准规定》，中小企业划分为中型、小型、微型三种类型，具体标准根据企业从业人员、营业收入、资产总额等指标，结合行业特点制定。

各行业划型标准为：

(1)农、林、牧、渔业。营业收入 20000 万元以下的为中小微型企业。其中，营业收入 500 万元及以上的为中型企业，营业收入 50 万元及以上的为小型企业，营业收入 50 万元以下的为微型企业。

(2)工业。从业人员 1000 人以下或营业收入 40000 万元以下的为中小微型企业。其中，从业人员 300 人及以上，且营业收入 2000 万元及以上的为中型企业；从业人员 20 人及以上，且营业收入 300 万元及以上的为小型企业；从业人员 20 人以下或营业收入 300 万元以下的为微型企业。

(3)建筑业。营业收入 80000 万元以下或资产总额 80000 万元以下的为中小微型企业。其中，营业收入 6000 万元及以上，且资产总额 5000 万元及以上的为中型企业；营业收入 300 万元及以上，且资产总额 300 万元及以上的为小型企业；营业收入 300 万元以下或资产总额 300 万元以下的为微型企业。

(4)批发业。从业人员 200 人以下或营业收入 40000 万元以下的为中小微型企业。其中，从业人员 20 人及以上，且营业收入 5000 万元及以上的为中型企业；从业人员 5 人及以上，且营业收入 1000 万元及以上的为小型企业；从业人员 5 人以下或营业收入 1000 万元以下的为微型企业。

(5)零售业。从业人员 300 人以下或营业收入 20000 万元以下的为中小微型企业。其中，从业人员 50 人及以上，且营业收入 500 万元及以上的为中型企业；从业人员 10 人及以上，且营业收入 100 万元及以上的为小型企业；从业人员 10 人以下或营业收入 100 万元以下的为微型企业。

(6)交通运输业。从业人员 1000 人以下或营业收入 30000 万元以下的为中小微型企业。其中，从业人员 300 人及以上，且营业收入 3000 万元及以上的为中型企业；从业人员 20 人及以上，且营业收入 200 万元及以上的为小型企业；从业人员 20 人以下或营业收入 200 万元以下的为微型企业。

(7)仓储业。从业人员 200 人以下或营业收入 30000 万元以下的为中小微型企业。其中，从业人员 100 人及以上，且营业收入 1000 万元及以上的为中型企业；从业人员 20 人及以上，且营业收入 100 万元及以上的为小型企业；从业人员 20 人以下或营业收入 100 万元以下的为微型企业。

(8)邮政业。从业人员 1000 人以下或营业收入 30000 万元以下的为中小微型企业。其中，从业人员 300 人及以上，且营业收入 2000 万元及以上的为中型企业；从业人员 20 人及以上，且营业收入 100 万元及以上的为小型企业；从业人员 20 人以下或营业收入 100 万元以下的为微型企业。

(9)住宿业。从业人员 300 人以下或营业收入 10000 万元以下的为中小微型企业。其中，从业人员 100 人及以上，且营业收入 2000 万元及以上的为中型企业；从业人员 10 人及以上，且营业收入 100 万元及以上的为小型企业；从业人员 10 人以下或营业收入 100 万元以下的为微型企业。

(10)餐饮业。从业人员 300 人以下或营业收入 10000 万元以下的为中小微型企业。其中，从业人员 100 人及以上，且营业收入 2000 万元及以上的为中型企业；从业人员 10 人及以上，且营业收入 100 万元及以上的为小型企业；从业人员 10 人以下或营业收入 100 万元以下的为微型企业。

(11)信息传输业。从业人员 2000 人以下或营业收入 100000 万元以下的为中小微型企业。其中，从业人员 100 人及以上，且营业收入 1000 万元及以上的为中型企业；从业人员 10 人及以上，且营业收入 100 万元及以上的为小型企业；从业人员 10 人以下或营业收入 100 万元以下的为微型企业。

(12)软件和信息技术服务业。从业人员 300 人以下或营业收入 10000 万元以下的为中小微型企业。其中，从业人员 100 人及以上，且营业收入 1000 万元及以上的为中型企业；从业人员 10 人及以上，且营业收入 50 万元及以上的为小型企业；从业人员 10 人以下或营业收入 50 万元以下的为微型企业。

(13)房地产开发经营。营业收入 200000 万元以下或资产总额 10000 万元以下的为中小微型企业。其中，营业收入 1000 万元及以上，且资产总额 5000 万元及以上的为中型企业；营业收入 100 万元及以上，且资产总额 2000 万元及以上的为小型企业；营业收入 100 万元以下或资产总额 2000 万元以下的为微型企业。

(14)物业管理。从业人员 1000 人以下或营业收入 5000 万元以下的为中小微型企业。其中，从业人员 300 人及以上，且营业收入 1000 万元及以上的为中型企业；从业人员 100 人及以上，且营业收入 500 万元及以上的为小型企业；从业人员 100 人以下或营业收入 500 万元以下的为微型企业。

(15)租赁和商务服务业。从业人员 300 人以下或资产总额 120000 万元以下的为中小微型企业。其中，从业人员 100 人及以上，且资产总额 8000 万元及以上的为中型企业；从业人员 10 人及以上，且资产总额 100 万元及以上的为小型企业；从业人员 10 人以下或资产总额 100 万元以下的为微型企业。

(16)其他未列明行业。从业人员 300 人以下的为中、小、微型企业。其中，从业人员 100 人及以上的为中型企业；从业人员 10 人及以上的为小型企业；从业人员 10 人以下的为微型企业。

规定适用于在中华人民共和国境内依法设立的各类所有制和各种组织形式的企业。个体工商户和本规定以外的行业，参照本规定进行划型。

规定还明确，中型企业标准上限即为大型企业标准的下限，国家统计部门据此制定大中小微型企业的统计分类。国务院有关部门据此进行相关数据分析，不得制定与本规定不一致的企业划型标准。

# 二、中、小、微型企业创业上市新三板的步骤

在有新三板上市资格的国家级高新园区内注册一家有限责任公司，注册公司所从事行业要符合新三板证券市场挂牌上市的领域要求，必须是"国家重点支持的高新技术领域"8大类下面二级目录的36类或三级目录的218类其中一类。

以目前有新三板上市推荐资格的中关村科技园区为例：

(1)有限责任公司最低注册资金3万元，需要2个以上股东。由于新三板上市对股改前的有限责任公司的注册资金没有要求，所以，按要求注册一家3万元的有限责任公司是要上新三板的底线。

(2)公司申请认定国家高新技术企业，或申请认定中关村高新技术企业，对公司注册资金没有要求，只要公司符合高新技术企业认定条件。也就是说，公司申请高新技术企业认定须同时满足的条件都具备，就可以申请成为高新企业。

(3)公司业务必须是"国家重点支持的高新技术领域"中的一类，并要持续经营，而且具有持续经营能力。一般情况下，公司的主营业务收入应当占到总收入的70%以上，主营业务利润应当占到利润总额的70%以上，方能被认定为主营业务突出。

公司应当具有持续经营能力，不存在对其持续经营产生重大不利影响的各种不利变化，公司营业收入和净利润对关联方或者存在重大不确定性的客户不存在重大依赖。

许多高技术企业的产品和服务存在多变性，原因主要是两个：

一是经营环境发生了重大变化，导致其服务和产品的市场需求发生变化。

二是技术的进步使得该类服务和产品在新的领域内产生重大需求。

如果公司被认定在存续期内主营业务发生重大变化，这个公司可能很难短期在新三板上市，即便该公司拥有非常好的盈利能力、研发能力和市场竞争力。

公司主营业务必须鲜明突出，发展战略清晰，具有可持续发展和高增

长潜力，估值也具有吸引力，为在新三板上市打基础。

(4) 在两年内要申请成为高新企业，公司实际经营年限不足 3 年的按实际经营年限填写各类报表。申请高新企业公司必须拥有核心自主知识产权，可以是实用新型专利 6 个，也可以是发明专利 1 个，或软件著作权 6 个，核心自主知识产权内容满足其中一项即可。

不过，实用新型专利从准备好资料递交日计算 5 个工作日受理，8～12 个月左右授权。而发明专利要 2 年半左右授权。只有软件著作权的时间较短，一般是受理后 60 日内授权。

在两年内，根据公司所从事的行业进行研发，到申请下来专利或软件著作权后再申请成为高新企业，时间是很紧的。国家高新企业申报一年最少一次，从申请受理后到批下来一般在 80 个工作日左右，这需要根据每年的申报时间定。

但申请中关村高新企业要便捷得多，只要满足申请条件随时可以申请，一个月左右就可批下来。

(5) 公司必须建立健全会计制度。

公司财务会计制度是公司财务制度和会计制度的统称，有时简称"财会制度"。具体指法律、法规及公司章程中所确立的一系列公司财务会计规程。

财务会计报告分为年度、半年度、季度和月度财务会计报告。公司的财务会计报告由公司的会计报表(或会计表册)构成。所谓会计报表，是以货币形式综合反映公司在一定时期内生产经营活动和财务状况的书面报告文件。

公司制作财务会计报告的时间是每一会计年度终了时。我国的会计年度是指公历 1 月 1 日起至 12 月 31 日止。此外，公司的财务会计报告必须经法定机构依法审查验证，即公司的财务会计报告必须经会计师事务所审计，由会计师事务所作为独立的第三方，对公司的财务会计报告做出客观公正的评价。

我国《公司法》对公司财务制度问题做了一些原则性规定，健全的公司财务会计制度有其积极的意义和作用。

①有利于保护公司股东的利益。

②有利于保护公司债权人的利益。

③有利于政府有关部门的监督。

(6) 公司注册资金 3 万元的企业，注册资金 10 万元的企业，注册资金 100 万元的企业，注册资金 1000 万元的企业或注册资金 2000 万元的企业，在两年的经营中都要在申请新三板上市时，账面净资产达到 500 万以上。因为，股份有限公司注册资本的最低限额为人民币 500 万元，有限责任公司是按原账面净资产值折股整体变更为股份有限公司的，账面净资产达不到 500 万以上是不能完成股改的。特别要注意的是，账面净资产不能低于注册资本金，例如 1000 万的注册资金的企业，账面净资产必须在 1000 万以上。

公司法规定的股份有限公司注册资本的最低限额为人民币 500 万元，也就是说，注册资金在 500 万以下的企业，改制基准日的净资产额不得低于 500 万元。一般来讲，上市新三板的目标公司改制前的净资产都要远远高于最低限额，折合股本的规模主要根据上市新三板的规模来定，根据上市规模来确定股本的规模，如果净资产数额过高可以采用股东分红形式来控制，如果过低可以通过原股东增资或引进私募来解决。一般讲，首次新三板挂牌上市的公司股本都在 500 万以上，或 3000 万左右不等。

目前新三板市场上的公司，在有限公司没有改造成股份公司时，注册资本金 10 万元的至少 5 家以上，注册资本金 50 万元的至少 30 家以上，之所以能进行股份制改造并上市新三板，是因为其账面净资产都在 500 万以上，并符合其他条件。

上市新三板必须在最近两年内公司的主营业务没有发生变化，并可持续经营，有限责任公司整体变更为股份有限公司才可视为连续经营在两年以上。

对上市前股东以及公司控制人、控股股东有变化的，只要在股份转让时符合法律、法规要求，不影响上新三板。这一点和主板、创业板市场不一样。主板、创业板市场，依据中国证监会《首次公开发行股票并上市管理办法》(中国证券监督管理委员会令第 32 号)第十二条规定了发行人最近

3年内实际控制人没有发生变更作为上市主体资格的必要条件的要求。例如，在3年内实际控制人（控股股东）换了人，就要从换股东从新登记的那一天起从算连续经营时间。

而上市新三板的目标公司要求的是，核心科研团队、业务团队、高级管理人员要稳定，不能经常换人，这一点非常重要，是考核一家公司主营业务突出，有没有连续经营能力的主要因素。例如，实际控制人在两年内换了人，或其他大股东换了人，都不影响在新三板挂牌上市。但核心科研团队、业务团队、高级管理人不稳定，会影响上市挂牌。也可以理解为，公司实际控制人虽然发生了变化，但没有影响公司的正常经营和管理，可认定为公司经营正常。如果核心科研团队、业务团队、高级管理人不稳定，可以认定公司实际控制人的变化引起了不良反映。即使实际控制人没有发生变化，核心科研团队、业务团队、高级管理人有变动，也会使公司的主营业务受到影响，也会影响到公司的持续经营。

不过，不以控制人、控股股东的存续来计算连续经营时间这一点，解决了中小微企业常常出现短期老股东撤资，新股东入主不能连续计算经营的问题，也解决了在上市新三板前出现收购、兼并时，股份可以直接转到新股东名下，不用为了维护连续经营时间在让老股东帮着股份代持，为公司上市新三板后新老股东不会出现法律纠纷铺平了道路。

有限责任公司整体变更为股份有限公司是指，在公司股权结构、主营业务、实际控制人和资产等方面维持同一公司主体前提下，以公司经审计后账面净资产额相应折合为股份有限公司的股本总额，将有限责任公司整体以组织形式变更的方式改制为股份有限公司。因此，有限责任公司整体变更为股份公司仅仅是公司形式的一次变化，并没有发生实质内容的变化，企业仍然是在同一会计主体下进行生产经营、财务运营，按照有关的法律、法规，这种变更是能够连续计算公司的经营业绩的。

实际控制人的概念顾名思义，就是对公司有实际控制权的人（包括自然人和法人）。公司控制权是能够对股东大会的决议产生重大影响或者能够实际支配公司行为的权力，其渊源是对公司的直接或者间接的股权投资关系。因此，认定公司控制权的归属，既需要审查相应的股权投资关系，也需要根据个案的实际情况，综合对发行人股东大会、董事会决议的实质影响、对董事和高级管理人员的提名及任免所起的作用等因素进行分析判断。对实际控制人的追诉没有层次界限，通常民营公司要追诉到有实际控制权的自然人，国有公司要追诉到国资委或其他政府主管部门。

所以要注意，在两年内上市新三板前，公司的主营业务和科研团队、业务团队不要发生重要变化，而且要主营业务突出，具有持续经营记录，公司治理结构健全、运作规范。并符合协会要求的其他条件，包括：不存在外资股东，股东出资真实，每股净资产不低于面值，股东人数少于200人，历次股份发行和转让行为合法合规。

所谓持续经营，是指一个会计主体的经营活动将会无限期地延续下去，在可以遇见的未来，会计主体不会遭遇清算、解散等变故而不复存在。持续经营的前提，要求企业在进行财务会计核算时，要以企业持续正常的业务经营活动为前提，企业拥有的资产应按预定的目标耗用、出售、转让、折旧等，企业所承担的各种债务也要按原计划如期偿还。

中华人民共和国公司法规定：

股份公司的高级管理人员是指，公司的经理、副经理、财务负责人，上市公司董事会秘书和公司章程规定的其他人员。

控股股东是指，出资额占有限责任公司资本总额百分之五十以上或者其持有的股份占股份有限公司股本总额百分之五十以上的股东。

出资额或者持有股份的比例虽然不足百分之五十，但依其出资额或者持有的股份所享有的表决权已足以对股东会、股东大会的决议产生重大影响的股东。

实际控制人是指，虽不是公司的股东，但通过投资关系、协议或者其他安排，能够实际支配公司行为的人。

(7)公司主营业务应当具有持续盈利能力。注册公司后能否在满2年时申请在新三板挂牌上市，主要看公司的发展过程是否稳定稳定，盈利是否有持续性。

尽量不要有下列影响持续盈利能力的情形：

①公司的经营模式、产品或服务的品种结构已经或者将发生重大变

化，并对公司的持续盈利能力构成重大不利影响。

②公司的行业地位或公司所处行业的经营环境已经或者将发生重大变化，并对公司的持续盈利能力构成重大不利影响。

③公司最近1个会计年度的营业收入、净利润对关联方或者重大不确定性的客户存在重大依赖。

④公司最近1个会计年度的净利润主要来自合并财务报表范围以外的投资收益。

⑤公司在用的商标、专利、专有技术以及特许经营权等重要资产或技术的取得或者使用存在重大不利变化的风险。

(8)非上市公司申请股份在代办系统挂牌。

按要求，公司注册满两年，同时其他条件也满足新三板上市要求，公司有上新三板的意愿时，须委托一家主办券商作为其推荐主办券商，向协会进行推荐。申请股份挂牌的非上市公司，应与推荐主办券商签订推荐挂牌协议。

新三板市场专为以科技创新为主的中小微创新企业服务，看重企业的创新能力。从操作层面看，由于新三板市场实行备案制，是否有券商愿意推荐、券商的工作质量将是企业能否顺利挂牌新三板市场的关键。

但证券公司从事非上市公司股份报价转让业务，应取得证券业协会授予的代办系统主办券商业务资格。目前，全国共有60家券商取得了主办券商业务资格。

主办券商同意推荐公司挂牌的，应当向证券业协会报送有关备案文件，主办券商应承诺有充分理由确信备案文件不存在虚假记载、误导性陈述和重大遗漏。

备案文件应包括两个部分，即要求披露的文件和不要求披露的文件：

①要求披露的文件。

具体包括：《股份报价转让说明书》及其附录(《公司章程》、《审计报告》、《法律意见书》、《试点资格确认函》)和《推荐报告》。

②不要求披露的文件。

主要分为两类：

一类是股份报价转让的申请文件，具体包括：公司及其股东对北京市人民政府的承诺书、公司向主办券商申请股份报价转让的文件、公司董事会、股东大会有关股份报价转让的决议及股东大会授权董事会处理有关事宜的决议、公司企业法人营业执照、公司股东名册及股东身份证明文件、公司董事、监事、高级管理人员名单及其持股情况、主办券商和公司签订的推荐挂牌协议。

另一类是主办券商及其他中介机构的内部文件、确认函及资质证明等文件，具体包括：主办券商尽职调查报告及工作底稿、内核工作底稿、内核会议记录及内核专员对内核会议落实情况的补充审核意见、主办券商推荐备案内部核查表、主办券商自律说明书；公司全体董事、主办券商及相关中介机构对备案文件真实性、准确性和完整性的承诺书；相关中介机构对纳入股份报价转让说明书的由其出具的专业报告或意见无异议的函；主办券商业务资格证书、注册会计师及所在机构的执业证书复印件；主办券商对推荐挂牌备案文件电子文件与书面文件保持一致的声明。

(9)公司在新三板上市后，募投项目须符合国家产业政策和投资管理的规定。

# 三、新三板证券市场能够成就"小公司"的"大梦想"

我们可以看看，新三板证券市场能够成就"小公司"的"大梦想"的几个例子。

(1)现代农装(430010)，2006年12月18日上市时总股本4000万股，但2011年12月30日，总股本以达5000万股，盘后价格是15.36元，市值高达7.68亿，并且在2011年以6.00元的增发价格成功融资1.8亿。

(2)中海阳(430065)，2010年3月19日上市时总股本4750万股，但2011年12月30日总股本以达1.4亿股，盘后价格是21元，市值高达29.40亿，并且在2011年以9元和21.20元的增发价格两次成功融资

3.25 亿。

(3)金和软件(430024)，2007 年 12 月 27 日上市时总股本 513 万股，但 2011 年 12 月 30 日总股本以达 2257 万股，盘后价格是 25.31 元，市值高达 5.71 亿。

该股两次股本变动说明：

第一次变动，2008 年度股东大会审议通过的《2008 年度利润分配方案》，公司已实施了 2008 年度分红派息，以总股本 513 万股为基数，向全体股东每 10 股送 12 股，每 10 股派送现金 1.4 元人民币(含税)。分红派息完成后总股本增至 1128.6 万股。

第二次变动，2009 年度股东大会审议通过的《2009 年度利润分配预案的议案》，公司已实施了 2009 年度分红派息，以总股本 1128.6 万股为基数，向全体股东每 10 股送 10 股，每 10 股派送现金 1.2 元人民币(含税)。分红派息完成后总股本增至 2257.2 万股。

(4)诺思兰德(430047)，2009 年 2 月 18 日上市时总股本 950 万股，但 2011 年 12 月 30 日总股本是 1139 万股，盘后价格是 30 元，市值高达 3.20 亿，并且在 2011 年以 21 元的增发价格成功融资 3973.2 万元。

从上述四个公司的过程可以看出，挂牌上市时的股本都较小，市值也较小。但经过上市后一段时间的经营，融到资了，股本增多了，市值增大了。可以说，公司的实力增强了，品牌更具说服力了，股东得到了真正的实惠。

小公司有了逐渐向大公司发展的正规途径，有了实现"大梦想"的可能。

机构投资者想成为新三板上哪家公司的股东，看这家公司有股票卖出时，直接买入就可以完成收购，成为股东。将来一旦新三板市场向个人投资者(自然人)开放，个人投资者要想投资哪个行业，就可以找相关行业分析并选一家你看中行业的公司，成为这家公司的股东。

可以说，新三板证券市场虽然是场外交易，但股东一旦想退出公司，只要不是法律、法规有卖出时间限制的股份，可随时在市场卖出变现，有时也叫套现。有法律、法规限制卖出时间的股票，可在解限后卖出，方便得很。

通过在新三板上市可以使品牌快速家喻户晓，在新三板上市不仅可以使股票进行交易，并可以实现两个转变，从有形的物质形态向有形与无形（科技与文化）并重的形态转变。同时可以搭建成果二次开发、技术集成与技术经营的操作平台，形成生产技术与商品经营辐射源。将科技资源优势转化为企业发展的竞争优势，提升当前企业的科技含量与市场竞争能力。上市新三板后，对企业资源利用有着积极的效益作用，体现全面协调、可持续的发展宗旨。

新三板市场对促进产业的发展具有导向性，必将对中国的高新技术发展起到积极的推动作用。

# 第五章 新三板市场可实现
# 跨区域资本运作

# 一、研究背景

我国的新三板证券市场是和美国 OTCBB 相同的证券市场，中国的中、小、微型企业到美国 NASDAQ 上市，基本都是先采用"买壳"方式到 OTCBB 市场上市，融到资后企业经过培育壮大，达到相关条件后再申请转板到 NASDAQ 上市。但我国新三板市场拟引入的做市商制度是和 NASDAQ 市场相同。

新三板，主要功能体现在融资、宣传、规范财务、规范经营等上面。作为我国全方位资本市场不可或缺的重要组成部分，以扶植中小微创新企业发展为己任。

笔者在 2006 年年末受券商投行朋友的委托，为其进行题为"新三板的功能应是 2007 年宣传主题"的年终报告撰写时开始研究新三板的。当时我发现了新三板作为场外交易电子柜台交易板，功能与国外的相同，只是有些制度还不完善，这也是笔者在文章中积极推动的，如做市商制度、退市制度等。

调研中发现，我国很多企业已经在国内上市了，但还是积极地去国外买壳上市，是单纯为了钱吗。我国有些企业到国外买壳上市后还要回国继续寻求上市，也是单纯为了钱吗。

通过资料研究和实地与相关企业的高层交流得出结果，企业多地上市不仅仅是为了钱，而是为了一个完整的商业计划。是融资、品牌、营销、扩大市场、拉动产业升级、拉动技术成果向市场的快速转化、促进资金流流速加快、加强市场竞争中在行业所处的地位等。

主要解决区域内竞争机会均等的概率较大，市场份额小，自身竞争力在强大，在有限的份额内，都会致使一些有前途的企业难以逾越发展瓶颈。面对目前激烈的区域竞争环境、国际竞争环境，单靠自身积累，难以快速形成规模优势，不快速形成规模优势就可能一夜之间被竞争对手打败。所以说，没有融资的积累是低效率的积累，要实现快速超常规发展，企业必须把积累的界限拓宽，多地买壳上市是实现快速超常发展的有效途径。

买壳上市应当是一次有准备的计划，是一次投入带来潜移默化众多好处的，是花同样的钱做广告达不到同样效果的，可以说广告是短期的，广告投资停了，广告也就停了，而上市公司的宣传是每天都有各媒体追踪报道的，并不会去收你的费，是不是有点一劳永逸感觉。这就是尝到甜头的企业不仅在国内上市，而且在国外很多国家都有上市，包括去国内香港买壳上市后再回内地上市的也比比皆是。

公司收购、兼并是市场行为，是指双方(即并购企业和目标企业)以各自核心竞争优势为基础，立足于双方的优势产业，通过优化资源配置的方式，在适度范围内强化主营业务，从而达到产业一体化协同效应和资源互补效应，创造资源整合后实现新增价值的目的。相对应的概念是招商引资，是国家和各级政府鼓励支持的。

收购、兼并是完全由企业战略驱动的企业行为，其根本目的在于追求竞争上的长期战略优势，使企业适应不断变化的环境，而并非单纯追求规模扩大的财务上短期盈利。企业收购、兼并过程中各个层面的决策都不能离开企业的战略定位与目标，企业不同的战略选择决定不同的收购、兼并选择。

战略收购、兼并按照动机可分为以增加盈利为目的的收购、兼并和以降低风险为目的的收购、兼并。

收购、兼并主要是为了集中资源和客户，从而扩大规模、扩大知名度、增强在同行业的竞争能力，控制或影响同类产品市场。

上下游企业之间的纵向收购、兼并主要是为企业找到稳定可靠的供应渠道和销售渠道，降低采购费用和销售费用，为企业竞争创造条件，以利于对市场变化迅速做出反应。

跨行业的横向多角度收购、兼并可以使企业迅速进入前景良好的行业或领域，降低或化解经营风险，获得更为稳定的现金流量。

跨地区的收购、兼并是企业在新(地区)市场上渗透或扩张的捷径，是打开另一个地区市场的必由之路。例如，拥有一个名牌商标和分销网络的大型食品公司，为达到营销和销售的一体化就会异地收购一个小型的、不知名的目标公司，通过收购或兼并的这家公司在当地进行营销，实现经营策略。

不过，收购、兼并也并局限于企业之间，也有一些有资金实力的个人，通过收购公司股权后而控股企业，成为企业的高层管理人员，达到并成为高端管理经营者，成为企业家。这也是实现人生价值的一种途径，也是国家和各级政府鼓励和支持的。

也有一些人，通过收购达到控股目的后留任原总经理为自己打工，自己做董事长享受资本运营带来的丰硕成果。

虽然不能避免一些别有用心的人，利用政策钻空子进行假的收购、兼并谋取利益。但这会在法律的制约下得到约束，触犯法律的将由有关部门依法制裁。不过，这都不会影响企业也好、个人也罢的正常企业收购、兼并，开展法律允许的资本运营和商业经营。

# 二、买壳上市新三板的含义

买壳上市新三板与传统的买壳上市(反向收购)不同，传统的买壳上市是指，收购(买)一家以在主板、中小板、创业板其一上市公司一定比例的股权，进而达到控制公司决策的目的，利用该公司在证券市场上融资的能力进行融资，为企业的发展服务。而买壳上市新三板有三方面含义：

一是与传统买壳上市过程相同，收购已在新三板上市的公司的股份，达到控股的目的。之后将壳公司原有的不良资产剥离，再将优质资产注入到壳公司，使壳公司的业绩发生根本的转变，从而使壳公司达到增发融资资格或转板上市创业板资格。如果公司的业绩保持较高水平，公司就能以很高的估值直接或间接在银行进行股权质押贷款。

二是到目前有新三板上市资格的北京中关村高新技术园区买(收购)一个符合新三板上市条件的公司，之后进行法人变更等，依照法律程序由主办券商指导申请办理挂牌上市。之所以称之为买壳，实际上是买一个营业执照、财务数据、高新技术企业资格和账面固定资产。

当然，其他国家级高新园区以后也具有新三板上市推荐资格时，同样可以在自己企业有需求的地区的高新园区买壳上市，以达到资本运营和商品营销的目的。

三是收购一家中关村高新园区内的高科技有限责任公司按新三板上市条件依法进行改造和完善，在达到新三板上市条件后向主办券商提出上市申请，由主办券商启动新三板上市程序。

# 三、买壳上市新三板是高层次的资本运营

当前，很多人对买壳上市新三板有一些误解。

一提买壳上市新三板，有很多人认为是买一个业绩不好的公司进行包装。其实，这样理解是错误的。

因为，买壳上市新三板，是在有新三板上市资格的国家级高新科技园区内，收购(买壳)一个有限责任公司或高新企业公司，这个公司可以是高新企业，也可以不是高新企业。如果不是高新企业的公司，收购该公司时也会要求持续经营两年以上，主营业务突出，有技术专利或符合申请高新技术企业的著作权等，账面净资产须与实际相符，无债权债务等等，总体上要符合上市新三板前依法改造的条件。所以，收购的公司(买壳)都是质量很好的公司，不会给后期上市新三板和正常经营带来麻烦。

一般讲，在北京中关村高新园区注册一家公司后，要具有申请高新企业的能力和持续经营能力，主营业务要突出，两年以上才可以申请到新三板上市。从注册公司到上市新三板完成，整个上市周期约为3年左右。

而买壳上市新三板就不一样了，从买壳到上市交易整个周期，一般不会超过一年。

买壳上市新三板，要规避买壳成功后，主营业务没上市前别改变，研发团队和营销团队的核心人员要留下，否则影响挂牌上市。

## 四、买壳上市可以打破区域内小范围的竞争格局

异地收购、兼并可以打破区域内小范围的竞争格局，让区域内的企业通过资本运作融入全国、全球的竞争中去。打破区域竞争的渠道在于通过跨区域资本运作带动本地商品的向区域外延伸。

资本的创富往往与投入是不相称的，资本运作在风险相伴而行的同时，也伴随着难以想象的暴利机会。做好这些需要有专业的过程、熟练的技巧等。

异地买壳上市新三板是区域经济金融在资本运作方面的具体体现，是有效突破当前经济区域化瓶颈的具体实施，是资本运作在多元化的延伸过程中使商品走向区域外的补充过程。突出反映了区域产业资本在收购、兼并、重组过程中的中长期策略。是本区域经济融入异地经济，借助发展较好的异地经济优势营造加强区域经济的品牌，通过异地买壳上市的资本运作过程，来提升区域高新技术的转化率。区域产业资本、金融资本与异地产业资本、金融资本的有效融合，是现代资本运作的必然。

我本人致力于推动新三板成为中、小、微型企业的跨地区资本运作平台，让新三板不仅仅体现融资、公司治理等资本运作方面的优势，更要通过资本运作实现技术成果跨区域转化，商品跨地区营销，人才资源跨地区配置与管理，本地企业与异地企业跨区域一体化管理，行政管理服务有效延伸。

## 五、国家级高新园区都可以推荐上新三板时异地上市仍然会存在

即使将来在全国各地的国家级高新园区都具有推荐上新三板时，买壳上新三板仍然会存在。

在当前情况下，新三板即使扩容也有很多地方覆盖不到，覆盖不到的地方也一样会对上新三板有需求。所以，买壳上新三板的企业可能会是国

家高新园区覆盖不到的地方较多。

但是，就像很多已在国内主板上市的企业又到国外或国内的香港买壳上市一样，即使在国内新三板市场扩容后，企业在当地上市新三板后，出于经营战略、商品向异地渗入的考虑，利用不同地区的人才优势、政策优势更快发展、完善企业结构的考虑，也会到另一个地方再买一个符合新三板上市条件的企业再度上市。

在一个地区的高新园区以上市新三板的企业，出于资本动作、商品营销、品牌提升、做大规模的需要，跨区域到异地买壳二次上市，或三次上市的现象仍然会存在，获需求更大。

# 六、买壳上市新三板的财务费用

买壳上市新三板的财务费用分两部分。收购公司(买壳)的所有费用企业自付(这部分有些地区的地方政府也有数额不等的资助)。由券商启动新三板上市开始到上市完成，全部费用政府的资助资金全部可以涵盖。

即：买壳 160 万 + 政府资助资金 = 全部财务费用。

160 万只是买一个(收购)符合新三板上市基础条件的企业，而没有含上市过程的费用，上市过程的费用大约在 120 万左右(依据项目具体情况和主办券商的不同浮动幅度会不同)，但这部分费用基本不用企业承担，政府为支持中小企业、微型企业的发展，给予了很大的资金支持。券商和其他中介机构收取的费用，由于政府补贴资助部分可全部涵盖在内，所以企业上市要付的 120 万左右的各种中介费用基本不用企业自己出。

中关村国家自主创新示范区支持企业改制上市资助资金管理办法中，有两项是针对上市新三板的资助资金：

(1)企业改制成功资助：每家企业支持 30 万元。

(2)进入股份报价转让系统挂牌成功资助：每家企业支持 60 万元。

还有一些政府资助资金，由于各园区不相同就不一一说明。总之，资助资金可涵盖全部上市过程费用，原则上是政府资助多少，上市中介机构就收多少，不另外收取。有一些企业质地较好的，各种中介费用也会相应减少，资助资金还会有余款留给企业自用。

对买壳上市企业而言，160万的买壳(收购符合上市新三板条件的公司)费用是终极费用。这个价格是多年来在实践中印证的，任何人都可以通过简单的收购方法在北京中关村得到验证。

但是，160万对中小企业、特别是微型企业不是一个小数字，能拿出来也是有一定实力，是已经做的很不错，而且成长性较好的企业。所以，这样的企业如果能够通过买壳上市新三板走入资本市场，是能促进其潜能快速挖掘出来，成长性大幅提高的。

不过值得注意的是，券商和各中介的费用一般是先收的，而不是等上市后资助资金批下来在付，这需要企业有所准备。

## 七、买壳在新三板上市后市值可能会提升几百倍

在新三板上市时，多数公司总股本只有3000万股左右，上市后价格也只有一两元左右，市值3000～6000万元左右。如果公司上市后成长性被挖掘出来，业绩有所突破，价格很快就会被众多买者抬起来，有的甚至可达20、30元。就拿20元来说吧，乘以3000万股就是6个亿，30元乘以3000万股就是9个亿。所以说新三板市场上的公司能够短期内市值增加几十倍。如果收购公司只花了160万就上市了，股改拆分3000万股，实际市值就是9个亿除160万，等于562倍。所以说，出现几百倍的市值是确切的。

这一点在证券公司的股票分析软件上，都可以查到从历史到今天的趋势变化过程。从一两元起步，涨到20元左右的不在少数。

但是，160万收购的公司(买壳)能否拆分3000万股，需要遇到机会，就是收到账面净资产和实际相符合的公司，而且账面净资产与实际相符合的资产要达到拆分3000万股的要求。虽然收购公司时对注册资金没有要求，3万、10万注册的都可以。但对账面净资的要求和主营业务的要求都

很高，在与现实相符合就更难，就是说注册资金低的公司符合要求的可能性及小，而注册资金越高主营业务越好的，账面净资产越高越好。因此，收购(买壳)看似简单，实际要求综合经验、综合专业水平要求都极高。很多情况下，公司账面净资产在 500 万、1000 万的好收。

# 八、收购上市新三板公司(买壳)时须注意的事项

收购上市新三板公司时有如下注意事项：

(1)要求目标壳公司是连续经营两年以上的科技类有限责任公司，账目清晰，无债权债务，无法律纠纷，年检和税务正常，不会给买壳方后期经营和挂牌上市留下潜在风险。

(2)主营业务突出，有持续经营的记录，收购后可持续经营。

(3)有关联交易，特别是有复杂关联交易的公司不能收，因为关联交易目的的真实性很难说清，会给以后的财务审计、核查等等事宜带来不必要的麻烦。

(4)必须是北京中关村高科技园区内的企业(一区十园两城两带)，行业与国家重点支持的高新技术领域的八大行业相符。

(5)账面净资产值 500 万以上，因为股份制改造时的折股依据是"账面净资产值"而非经评估后的净资产，即：有限责任公司按原账面净资产值折股整体变更为股份有限公司。而且在整体变更时，不能增加股本和引入新股东，否则公司存续期间不能连续计算。

(6)被收购公司要有软件著作权 6 个，或发明专利 1 个，亦或实用新型专利 6 个，这三个方面须要满足其中一个。

只有符合上述六点，才能顺利申请高新企业，才能依法改善财务状况达到新三板上市条件。

不过，新三板市场是专为以科技创新为主的中小微型创新企业服务的，比较看重企业的是创新能力。从操作层面看，由于新三板市场实行备案制，是否有券商愿意推荐和券商的工作质量，将是企业能否顺利挂牌新

三板市场的关键。

一般讲，捕捉壳目标是可以通过各种合法渠道的，可以对多个目标进行分析比较，最终确定适合的壳目标，这一阶段最便捷的方式是找一家专业的居间机构来实施进行更为稳妥。

一般而言，企业买壳上市是着眼于长远发展，壳公司与现行产业配对时尽量相同、相似、相近，或依法改造完善成相同、相似、相近。

# 九、买壳上市新三板的一般操作程序

买壳上市新三板的一般操作程序有：

1. 立项

企业或个人有买壳上市新三板意愿时要在立项后，开始实施立项内容。这一阶段最便捷的方式是找一家专业的居间机构来实施进行更为稳妥。这是买壳，即收购一家符合新三板上市条件的公司是上市新三板的第一步。主要是由买壳方(收购方)做出买壳上市决策，企业得到董事会批准，国有企业还要取得上级主管部门的批准。然后签定代理收购公司推荐上市新三板意向书，并签订保密协议。

2. 目标搜寻与买壳(收购)

要求目标壳公司是连续经营两年以上的，主营业务越突出越好，账目清晰，无债权债务，无法律纠纷，年检和税务正常。不会给买壳方后期经营和挂牌上市留下潜在风险。

这一阶段主要是通过各种渠道捕捉卖壳目标，然后对捕捉到的目标经过分析比较，最终确定适合的壳目标。

捕捉到壳目标后，与卖壳方通过协商洽谈，收购卖壳方的所有股权和账面净资产。

买壳成功后须改变营业执照名称、法人代表、税务登记，组织机构代码证的变更等等事宜。

3. 壳公司的综合评价

这一阶段的工作，主要是为买壳上市最后决策提供依据，评价内容包括公司的章程、制度，财务状况，技术水平，企业管理与企业文化，劳资与环保，资产评估，税务以及法律方面的评价等。

4. 上市新三板方案设计

随着买壳（收购）、对壳依法改善的结束，上市新三板的方案与设计突显出来。这一阶段主要工作是根据改造后的企业自身情况和所掌握的股东的资料，对买壳上市中控股比例，交易报价，融资方式和资产重组等进行策划。之后确定主办券商，向主办券商提交新三板上市申请，券商同意后由想上市的公司法人代表出面与券商签定协议书。其中包括：财务顾问协议（股改）、业务约定书（会计事务所）、专项法律顾问协议（律师事务所）、资产评估业务约定书（评估事务所）。

5. 履行协议

按约付款，股改后重新变更登记，并进行公告。

# 十、买壳上市新三板的好处

对企业而言，买壳上市新三板的好处主要有六个方面：

（1）提升企业的品牌价值及市场影响力。企业传播品牌、宣传形象的途径主要有三个，口碑、广告和营销，但上市却具有更强的品牌传播效应和企业宣传效应。因为中、小、微型企业进入资本市场，就表明中、小、微型企业的成长性、市场潜力和发展前景得到了承认，这本身就是荣誉的象征，对中、小、微型企业的品牌建设作用巨大。其广告效果可使企业快速在行业中引人注目，并吸引市场的关注度。

如果在北京中关村买壳，可以拓展在北京的市场机会。使县域企业的事业能够快速拓展北京市场，为企业的成长战略做出实效。在北京有不少具有优秀竞争力的中、小、微型企业，通过资本运作整合等战略性调整来找出扩大市场的机会。

（2）买壳成功在新三板上市后，和主板市场上的企业一样，相当于为企业资产的"证券化"提供了一个交易平台，增加了公司股票的流动性。上市后资本市场的公开交易，也有利于发现企业的价值，实现企业股权的增值，为企业股东带来高额益价财富，并可以在新三板证券市场卖出股票套现。

(3)中、小、微型企业在新三板上市后，不仅可以充分利用资本市场融资，还可以使公司的资产市值成倍甚至数十倍地增加，原始股东的市值也会得到最大体现。例如挂牌上市前100万的市值，上市后有达到几千万甚至上亿的可能，并且随时都有在市场套现的机会。

此外，中、小、微型企业上市直接融资时不存在还本付息的压力，有效增强企业创业与创新的动力和能力。借助新三板市场上市融资，有助于中、小、微型企业打破融资瓶颈束缚，获得长期稳定的资金，改善企业的资本结构。而且股权融资"风险共担，收益共享"的独特机制有助中小企业实现股权资本收益的最大化。配股、增发、转债等多种金融工具有助于中小企业实现低成本的持续融资。

(4)能够完善公司治理，夯实基础管理、实现规范发展。中、小、微型企业上市新三板时，都会依法明晰产权关系，规范纳税行为，完善公司治理、建立现代企业制度。即使登陆新三板证券市场后，企业的工作重点仍然会围绕资本市场进行，不断的完善公司治理，夯实基础管理、实现规范发展的过程。

(5)买壳上市的中、小、微型企业，在新三板上市融到资后，企业会进一步发展壮大，经过一阶段的培育，会将一个成长性较好的企业培育成成熟企业，达到上中小板或创业板的上市条件，继而转板上市，融更多的资，使企业依托资本市场更好发展。

(6)买壳上市新三板的财务费用较低。券商和其他中介机构的费用企业只是先期部分或全部垫付，股改成功和上市新三板成功后政府补贴部分即可全部涵盖所有。所以，买壳(公司收购)的费用是终极费用。

举例说明：

例如：位于浙江省某县的一家高新企业在北京中关村高新园区所属海淀园买壳后，对壳依法改造，同时将企业的一个技术专利过户给中关村园区的所属企业，然后申请成为高新企业，并注入优质资产，达到新三板的上市条件后申请挂牌上市。

券商和其他中介机构一揽子收费120万，分4次支付，由企业先行支付。6个月后挂牌上市成功，中关村园区股改成功奖励了30万，上市新三板成功奖励了60万，依法在海淀区进行工商注册和税务登记的，成功在新三板挂牌上市奖励50万，共计140万。随着项目逐步完成，资助资金申请随着进度报批会不断到账，就等于政府的所有资金资助给这家新三板上市企业报销了全部上市费用后，企业还剩余了20万。

上市后，位于中关村的高新企业作为研究机构，利用北京的优质研发环境和优质的人才资源进行项目研发，新产品不断问世，所研发的新产品由其位于浙江省某县的股东高新企业单位来进行技术转化，把新产品的技术成果转化为商品，使之产生效益。

在浙江省某县这家高新企业将技术转化为商品后，由中关村的所属企业进行市场营销，并很快打入了欧美市场，导致订单大幅增加，中关村和浙江省某县的两家企业都因此受益。

而且，买壳上市新三板后的融资，除投入研发的部分留在北京使用，其余部分投到了浙江省某县这家高新企业做为技术转化商品生产过程的流动资金。

所以说，在北京中关村买壳上市新三板，是坐享北京高新技术企业的优惠政策。

# 十一、买壳上市新三板与 IPO 相比的优势

目前，有新三板上市资格的园区只有北京的中关村园区，是试点阶段。扩容后，区域经济可考虑到对县域发展最有力的地区去买壳挂牌上市。但北京作为国际金融贸易大都市，还应作为首选。

新三板买壳上市整个过程一般在12个月内即可完成，买壳上市新三板与 IPO 相比，具有时间短、风险低、经济、便捷等优势，更具可行性和

可控性，就是因为许多企业看重这些优势，才纷纷选择买壳上市新三板，快速进入资本市场进行融资，实现资本增值，并且提高企业在市场、在行业内的声誉。

在北京中关村买壳上市新三板，可以享受到国际金融大都市的产业优惠政策，同时拉动区域企业的发展。可以有助于成长性高新企业或与之相关的成长性企业加快发展步伐，使之快速成为行业经济的龙头。

而一个完整的 IPO 上市计划最快也要 3～5 年。并且财务费用很高，是中小企业难以承担的，微型企业更是想都不敢想。

但买壳上市新三板，只要企业从事的是合法业务，有足够的买壳经济实力，就可以买(收购)别人的壳去上市新三板。

新三板市场的上市标准较低，快速发展中的国内中小微企业，在此能够很轻易地上市，且当企业"羽翼丰满"时，可以直接申请 IPO 上创业板或中小板。

新三板能够同时满足企业无形资产的增值及扩大品牌效应的需求。能够帮助企业完善激励机制，使其团队获得期权后能够在该市场得以完全实现股权变现。能够帮助企业圆一个参与全球化竞争的梦想。

# 十二、适合买壳上市新三板的企业

哪些企业适合买壳上市新三板：

(1)不符合直接上市条件的企业想获得融资渠道及低成本的资金来源。

(2)为了具有广告和宣传效应，尤其适合那些市场直接消费品的企业。

(3)为获得上市公司的政策优势或经营特权，如一些税收减免，政府特殊扶植政策。

(4)为获得上市新三板后的股票市值上涨，用高市值带来的高估值做股权质押贷款。

(5)为获得主板、中小板、创业板 IPO 的顺利转板，及获得转板后在二级市场流通股益价的收益。

(6)想节省上市时间与成本，并且尽快筹资的企业。

(7)本身不想筹资，但想使股份获得流通性的企业。

(8)IPO市场难以接受的企业，想提升企业形象，改善企业治理结构的种种目的，快速进入资本市场，拓展有效的融资渠道。

# 十三、县域经济金融利用新三板市场
## 可实现跨区域资本运作

经济概念要比金融广得多，金融是经济的一个分支，只是有自己的侧重点。经济学研究的是一个国家地区的经济发展状况、方式、道路等，是比较宏观的，包括工业、农业等。金融只是对一个国家经济领域中的金融方面进行研究，比如货币、证券、金融市场等。

金融就是资金的融通，融通有关的经济活动。通过金融可以直接看出一个地区、区域、乃至国家的经济强弱。

对县域经济而言，金融是县域经济发展的血液、是产业经济做强做大的支撑，是融入全球一体化的重要内容。推动以企业为金融创新主体，更好的利用金融属性，对发展县域经济具有积极的推动作用。

在当前形势下，县域经济的发展，应该避免同质化竞争，寻找不同的发展途径是县域经济与金融工作的重中之重。

资本立县、金融强县之本是突破县域经济的区域环境，以企业的资本运作为导向带动金融向区域外延伸。就是将县域内的企业通过扶持进入国际型金融都市进行资本运作，利用国际金融大都市的优越资本运作环境和商品集散地的优势来带动县域经济的突破。

县域经济呈现出分层次竞争格局，区域性竞争明显。在区域内的小范围竞争很多时候会导致竞争者两败俱伤，不利于县域经济的发展与巩固，很难树立县域经济龙头，即使树立了龙头企业，也常常是在玉树临风状态下苦苦支撑。因此，必须打破区域内小范围的竞争格局局面，让区域内的企业通过资本运作融入全国、全球的竞争中去。打破区域竞争的渠道在于通过跨区域资本运作带动本地商品的向区域外延伸。

县域经济在向国际型经济金融城市延伸经济、金融、经营的同时，通过资本运作改变现有的县域经济结构状况，使之合理化、完善化，进一步适应生产力发展的过程。并且，县域内就业岗位会增多，可以有效解决更多的劳动力在本地就业，并且也可以向外面隶属县域的企业输出劳动力就业。

县域经济的发展离不开金融的支持，但县域内的金融支持的局限性很大。因此，到异地买壳上市成了一些县域经济的首选。例如：深圳南山区在境内外买壳上市的企业 80 家。2009 年实现高新技术产品产值 2700 亿元，增长 11.9%，区专利申请量和发明专利申请量 2010 年的增长速度都在 20% 以上，高新技术产业迈上新台阶。再如：晋江市(县级市)有 9 家在香港上市、7 家在新加坡上市、4 家在马来西亚上市、3 家在韩国上市、3 家在美国 NASDAQ 上市。这些企业通过资本市场共募集资金 170 亿元，总市值超 1600 亿元。还有，江阴市(县级市)在"十一五"规划中加大转型力度，以生态江阴为目标，2005 年，该市 GDP 超过 700 亿元，财总收入超过 110 亿元，工业总产值超过 2000 亿元。江阴人创造了以全国万分之一的土地上，以全国千分之一的人口，超过全国二百五十分之一的国内生产总值，全市上市公司多达 18 个，当时成为全国讨论的"江阴现象"。

更具突出表现的是镇域经济，绍兴市辖区绍兴县的杨汛桥镇，从 2001 年 12 月到 2006 年 9 月不到 5 年时间，该镇先后有浙江玻璃、永隆实业、宝业集团、展望股份、精工科技、中国印染等 8 家企业，在香港联交所、深交所、新加坡乃至澳大利亚交易所 IPO 上市。但此后开始走下波路，尤其自 2009 年"华联三鑫事件"之后，这些企业或倒闭、或亏损、或将总部迁移，"杨汛桥神话"几近破灭，到 2011 年末上市公司只剩 3 家。

而绍兴市辖区诸暨市(县级市)的店口镇 2010 年工业总产值高达 534.6 亿元，拥有企业超过 4000 家，已一举超越巅峰时期的杨汛桥的 190 亿总资本与 1300 家企业，同时综合经济实力已赶超杨汛桥镇。2011 年末，店口镇以有盾安环境(002201)、江南化工(002226)、海亮股份(002203)、露笑科技(002617)、万安科技(002590)、*ST 金顶(600678)等 6 个上市公司。

截止 2012 年 1 月，诸暨市的上市公司数量以达 11 个。

县域经济的发展过程中，是不是应当向南山区、晋江市、江阴市、诸暨市、杨讯桥镇、店口镇学习，从中吸取必要的经验教训。学观念，学思路，才会少走弯路，科学发展。

县域经济中的中小微企业，上主板、中小板、创业板的条件与实力基本都不够，但到北京中关村高新科技园区买壳上市新三板够条件的却比比皆是。而且能够广泛拓展商品流通渠道，便商品有更多的购买力。在全球营销一盘棋的影响下，在北京与在县域内进行销售同一商品，在北京行销全球的概率会更大。北京能占概率的 80%，甚至更高，而县域占 20% 的几率都很高。因为，北京毕竟是世界的金融贸易中心之一。所以，在这里进行商品流通可以说是县域经济资本运作外延的起点。在一个县域内到异地买壳上市的企业越多，当地的财政收入也越高，人均收入较高，就业安置能力提升，人员工作稳定性大幅提高的同时，也会大大提高社会治安的稳定性，行政管理的延伸服务越有效。

异地买壳上市新三板是县域经济金融在资本运作方面的具体体现，是有效突破当前县域经济区域化瓶颈的具体实施，是资本运作在多元化的延伸过程中使商品走向县域外的补充过程。突出反映了县域产业资本在收购、兼并、重组过程中的中长期策略。是县域经济融入异地经济，借助发展较好的异地经济优势营造、加强县域经济的品牌，通过异地买壳上市的资本运作过程，来提升县域高新技术的转化率。县域产业资本、金融资本与异地产业资本、金融资本的有效融合，是现代资本运作的必然。

上市融资，主动进入资本市场，促进企业更好、更快、更强的发展，是众多中小微企业家的梦想。

中国一批中、小、微型企业在美国资本市场创造的一系列财富神话，导致更多的中、小、微型企业在发展战略中首选上市融资，实现创富梦想。

但是，到海外上市融资，对中国众多中、小、微型企业来讲是不现实的。于是，中国新三板市场的应运而生，解决了众多中、小、微型企业的上市渠道。可以预言：新三板证券市场将是未来中国最好、最优、最强大的中、小、微型企业的培育基地，能够在短时间内将成长较好的企业培育成成熟企业，达到登陆主板、中小板、创业板的条件。并可以为众多高成长类中小企业、甚至微型企业提供挂牌上市融资的机会。

作为一级证券市场的新三板市场，其市场上的企业都是成长性较好的，而不是成熟的。所以，在新三板上投资时往往会产生暴富的机会。但与此同时，巨大的风险也隐藏其内。

由此，我国中小微企业选择在新三板上市，不仅费用低，而且事半功倍，是目前中小微企业最佳的融资方式、宣传方式。

更重要的是，在一个县域内如果出现众多的中小微企业集群到异地买壳上市新三板，对突破县域经济发展瓶颈、打破区域经营格局、推动当地的经济社会发展，将产生重大影响。

买壳上市新三板也是县域经济、县域金融、资本运作、突破县域经济转型瓶颈、县域金融转型瓶颈和做强做大县域经济值得把握的战略机会。

县域企业在北京中关村买壳上市新三板，实际是实现企业收购、兼并完整的计划，但却可以享受到国际金融大都市的金融优惠政策、产业优惠政策，同时可以拉动县域经济的发展。可以助力成长性高新企业或与之相关的成长性企业加快发展步伐，使之快速成为县域经济的主导产业。

在一个县域内只有一家或两家在异地买壳上市新三板，对当地的经济带动实效不会太明显，但在一个县域内有 10 家、20 家、50 家就不一样了，对县域经济的带动，财政收入增长都将呈几何形增长。而且县域行政服务得到有效延伸，县域经济增长速度和发展的稳定性大幅提高。

买壳上市新三板的先决条件就是通过了国家高新技术企业认定。通过国家高新技术企业认定后的企业在中关村可以享受以下优惠政策：

(1)凡经认定的高新技术企业，企业所得税税率由原来的 25%降为 15%。

(2)北京高新技术企业人才政策。

(3)北京高新技术企业融资、产业、项目扶持政策。

(4)经认定的高新技术企业可凭批准文件和《高新技术企业认定证书》办理享受国家、省、市有关优惠政策，更容易获得国家、省、市各级的科研经费支持和财政拨款；高新技术企业称号将会是众多政策性如资金扶持等的一个基本门槛。

（5）高新技术企业的认定，将有效地提高企业的科技研发管理水平，极大地提升企业品牌形象。

（6）高新技术企业不仅能减免企业所得税，无论对于何种企业都是一个难得的国家级的资质认证，对依靠科技立身的企业更是不可或缺的硬招牌，其品牌影响力仅次于中国名牌产品、中国驰名商标、国家免检产品。

虽然这只是优惠政策的一部分，但综合来看，只要县域内的企业和在中关村买壳上市的企业是与县域经济相关联的，就完全可以分享国际金融大都市的资本运作政策，使县域经济受益。这也是资本立县、金融强县之途径。

县域经济中，中小微企业先天存在不利于融资的因素是，生产经营随意，管理不够规范，甚至缺乏现代企业制度，企业经营有较大风险。不具备完善的财务制度，财务状况不透明，财务报表不健全，无法向融资方提供有效的信息，组织关系简单，自身资产规模不大，无上级主管部门或行政组织担保，且固定资产积累较少，传统可抵押担保资产不足，担保责任难以落实。

如果县域经济主体能够扶持中小微企业异地买壳上市融资，使中、小、微型企业借助资本市场的力量迅速发展壮大。在企业经营中，资本市场是每一家企业都该去经历的，因为只有经过市场考验，被市场认可的企业才是真正优秀的企业。

当前，我国企业在主板、中小板、创业板上市实行通道制，排队等候的企业形同千军万马，很多企业上市在时间上需要三五年，多则要等十几年，很多企业是等不起的。企业长时间融不到资，就很难生存下去。而且，在主板、中小板、创业板买壳上市成本较高，一般中小企业难以承担相关的财务成本。因此，买壳上市新三板对中、小、微型企业来讲，就成为快速达到融资目的的目标。

通过买壳上市新三板，得到自身发展所需的资金，快速进入资本市场，拓展有效的资金渠道，来提升企业形象，达到改善企业治理结构的种种目的将会越来越多。

当前，很多县域政府对到国外买壳上市的企业都给予一定的奖励，这是因为能融到资开发县域经济和发展县域经济。其实，在国内异地买壳上市新三板也同样会起到相同的作用，也应当设立常态的扶持及奖励机制，使国内的经济互动、金融创新出实效，资本市场结硕果。

实际上，现在的新三板证券市场，中、小、微型企业并没有利用好。主要原因是，中、小、微型企业对上市的融资的要求过高。一般讲，中、小、微型企业只需融资一两百万就够用，但一提上市融资就提出要融一两千万。只需融资一两千万就够用的，一提上市融资就提出要融一两个亿，甚至更高。实践中可以看出，很多中、小、微型企业的一把手总是不切实际的和主板、中小板、创业板比，没有认识到新三板的实质是为解决中、小、微型高新企业的小额贷款无担保难融资而设立，是为扶持中小微高新企业创新发展而设立，是为中、小、微型高新企业股份流通、完善市场结构、优化股东结构而设立，是为中、小、微型高新企业提升实力、提高竞争力、提升品牌、提高宣传力度、营造良好的研发氛围与营销氛围而设立。

所以，县域企业有买壳上市新三板的计划时，或县域政府有扶持县域企业买壳上市计划时，一定要认清市场本质，诚实信用，踏踏实实做事。不要好高骛远，会导致一事无成。

虽然当前新三板证券市场是试点阶段，只有北京中关村国家高新科技园区的企业有资格挂牌上市，但是，2012年全面开放或扩大试点范围的可能性在逐渐增加。因为，中、小、微型企业融资难问题以成为社会关注的焦点，管理层不断出台相关扶持政策和法规，来缓解流动性偏紧对中、小、微型企业造成的融资难。新三板毕竟要成为全国统一的场外交易证券市场，是为中、小、微型高新企业融资服务的综合性平台。

更重要的是，在一个县域内如果出现众多的中、小、微型企业到异地买壳上市新三板，对当地的经济带动及社会影响力之大是可预知的。

因此，买壳上市新三板对于县域经济和企业的长远发展是有百利而无一害。

新三板市场是和高新企业一样成长着，并在不断的完善其运行机制。

但目前的运作模式和运作过程，足以让本地高新企业倍享其优惠政策带来的好处。但是，多年来宣传到国外 OTCBB 市场买壳上市的报道很多，宣传在国内 OTC（新三板）买壳上市的却没有。难道我国的企业真的不需要通过买壳上市新三板的过程进入中国最前沿的金融贸易大都市、国际商品集散地吗？应当不是。

除了县域企业自身原因外，主要是县域经济宣传导向和扶持导向没有突破思维瓶颈，一提两头在外就想到了国外，而没想到国内具有国际化发展水平的地区，例如在北京中关村研发，向县域企业下定单，之后再由北京中关村所属企业向全国各地和全世界各地营销，这是不是县域经济的两头在外。从经济学的角度讲，县域经济的成本与北京国际大都市经济成本比，县域经济的成本肯定要低于北京，由北京中关村的高新企业作为研发基地，研究与县域原材料相匹配的高新产品，然后下订单到县域企业加工生产，转化为商品在运到北京进行营销这也不仅仅是两头在外，也是洼地效应的具体体现，也是县域经济吸引外来资源向县域汇聚、流动，弥补县域资源结构上的缺陷，促进县域经济和社会快速发展的具体体现。

因此，笔者认为利用异地买壳在新三板证券市场上市进行资本运作，是可以使资本立县、金融强县落实到实处，可以使县域经济、县域金融转型、升级落到实处，开花结果的。

# 第六章　新三板证券市场投资程序

# 一、开立股份(股票)转让账户

2009 年 7 月 6 日起实施的《证券公司代办股份转让系统中关村科技园区非上市股份有限公司股份报价转让试点办法(暂行)》中规定，参与挂牌公司股份报价转让的投资者，可以是下列人员或机构：

(1)机构投资者，包括法人、信托、合伙企业等。

(2)公司挂牌前的自然人股东。

(3)通过定向增资或股权激励持有公司股份的自然人股东。

(4)因继承或司法裁决等原因持有公司股份的自然人股东。

(5)协会认定的其他投资者。

需注意：投资者应当具备相应的风险识别和承担能力，挂牌公司自然人股东只能买卖其持股公司的股份。

投资者买卖挂牌公司股份，应持有中国证券登记结算有限责任公司深圳分公司人民币普通股票账户。

投资者可通过深圳 A 股股票账户参与报价转让，不需要单独开设非上市股份有限公司股份转让账户，降低投资者重复开户成本，为转板打好账户基础。

境内、境外投资者开立的原股份转让账户，分别与深市 A 股账户、B 股账户合并。合并后原股份转让账户与 A 股账户、B 股账户通用。

2009 年 7 月 6 日后投资者申请开立的交易股份报价系统账户，均为深市 A 股账户。

休眠 A 股账户、风险证券公司休眠账户、不合格 A 股账户，只有在办理相应的激活、规范手续后，方可使用。

在新三板开户的机构需要提供：

(1)营业执照副本原件。

(2)组织机构代码证原件。

(3)税务登记证原件。

(4)代理人身份证原件。

(5)法人代表身份证原件。

(6)公司公章、财务章、法人代表名章。

# 二、开立股份报价转让结算账户

进行股份报价股份转让的投资者，在推荐主办券商处进行账户开办时可以一并办理三方存管资金结算业务。

中国证券登记结算有限责任公司负责资金结算，股份和资金结算实行分级结算原则，登记公司提供逐笔全额非担保交收服务。方便投资者统一管理证券投资结算资金，提高资金使用效率。

1.结算公司结算基本原则

结算公司按照"货银对付"的原则，对报价系统的成交进行逐笔全额非担保交收。

结算公司使用推荐主办券商已开设的结算备付金账户，按照先担保交收、后非担保交收的原则办理资金交收。

结算公司按如下标准对投资者收取报价转让系统登记结算业务相关费用，见表6-1：

表6-1 报价转让系统登记结算业务相关费用明细

| 收费项目 | 收费标准 | 收费对象 |
|---|---|---|
| 转托管费 | 30元/次(其中：结算公司收20元、转出方参与人收10元) | 投资者 |
| 股份过户费 | 成交金额的0.025‰(双边) | 投资者 |
| 非报价过户费 | 所涉股份面值的1‰（双边），其中推荐主办券商与结算公司各50% | 投资者 |
| 质押登记手续费 | 500万股以下(含500万股)，按面值的1‰收取；超过500万股部分，按面值的0.1‰收取 | 投资者 |
| 账户相关业务 | 深市A股账户收费标准 | 投资者 |

2.股份的托管、存管

投资者持有的非上市公司股份(股票)应当托管在推荐主办券商处。初始登记的股份(股票),托管在推荐推荐主办券商处。

推荐主办券商应将其所托管的非上市公司股份存管在证券登记结算机构。

要注意的是,原投资者在无资格券商处开立有证券账户的,需到有资格的券商处开通资金结算账户,才可进行交易。

# 三、与推荐主办券商签订《报价转让委托协议书》与《报价转让风险揭示书》

推荐主办券商在接受投资者委托前,需充分了解其财务状况和投资需求,可要求提供相关证明资料。如认为其不宜参与报价业务的,可进行劝阻;不接受劝阻仍要参与者,一切后果和责任自行承担。

投资者:在签订该协议书前,应认真阅读并签署股份报价转让特别风险揭示书,充分理解所揭示的风险,并承诺自行承担投资风险。如下所示:

本人承诺:不进行内幕交易;不操纵市场价格;不以虚假报价或其他违规行为扰乱正常的报价转让秩序,误导他人的投资决策。

# 四、委 托

实行电子化报盘,投资者可通过券商客户终端自动报盘。减少人工处理环节,可提高报盘效率,降低差错风险(表 6-2,6-3)。

表 6-2 委托基本情况

| 委托种类 | 委托数量限制 | 报价单位 | 委托时间 |
|---|---|---|---|
| 报价委托 定价委托 成交确认 委托 | ≥3 万股 / 笔,<3 万股 须一次卖出 | 每股价格最小 变动单位:0.01 元 | 报价券商接受委托:周一至周五 报价系统接受申报:9:30～11:30, 13:00～15:00。 法定节假日和其他特殊情况,暂停转让 |

**表6-3 各类委托应包含的要素**

| 委托类型 | 委托应包含内容 |
| --- | --- |
| 意向委托、定价委托 | 证券名称、证券代码、证券账户、买卖方向、买卖价格、买卖数量、联系方式等 |
| 成交确认委托 | 证券名称、证券代码、证券账户、买卖方向、成交价格、成交数量、拟成交对手的推荐主办券商等 |

意向委托：投资者委托推荐主办券商按其指定价格和数量买卖股份的意向指令，不具有成交功能。

定价委托：投资者委托推荐主办券商按其指定的价格买卖不超过其指定数量股份的指令。

成交确认委托：投资者买卖双方达成成交协议，或投资者拟与定价委托成交，委托推荐主办券商以指定价格和数量与指定对手方确认成交的指令。

需注意：意向委托、定价委托和成交确认委托均可撤销，但已经报价系统确认成交的委托不得撤销或变更。委托当日有效。

自然人投资者只能买卖其在代办股份转让系统持有或曾持股份的挂牌公司股份。自然人投资者全部卖出所持挂牌公司股份后，仍可以买入该公司股份。

# 五、成 交

目前，股份报价转让的成交价格通过买卖双方议价产生。投资者可直接联系对手方，也可委托报价券商联系对手方，约定股份的买卖数量和价格。

投资者达成转让意向后，可各自委托推荐主办券商进行成交确认申报。

投资者拟与定价委托成交的，可委托推荐主办券商进行成交确认申报。

注意，应保证账户内有足够的资金(包括交易款项及相关税费)和股份，否则报价系统不予接受。

成交确认申报与定价申报可以部分成交。

报价系统收到拟与定价申报成交的成交确认申报后，如系统中无对应的定价申报，该成交确认申报以撤单处理。

多笔成交确认申报与一笔定价申报匹配的，按时间优先的原则匹配成交。

成交确认委托配对原则：

报价系统仅对成交约定号、股份代码、买卖价格、股份数量四者完全一致，买卖方向相反，对手方所在报价券商的席位号互相对应的成交确认委托进行配对成交。如买卖双方的成交确认委托中，只要有一项不符合上述要求的，报价系统则不予配对。因此，投资者务必认真填写成交确认委托。

证券公司交易软件客户终端登陆后的界面见图6-1。

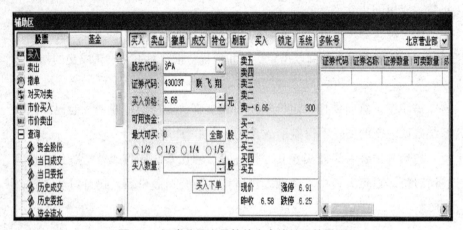

**图6-1 证券公司交易软件客户终端登陆界面**

在股票交易软件上，A股和创业板股票交易与新三板股票交易从交易系统上的买卖过程两者间看不出区别，只是代码不同，新三板的代码是43打头。

挂牌公司股份转让时间为每周一至周五上午9:30~11:30，下午13:00 ~ 15:00。遇法定节假日和其他特殊情况，暂停转让。

委托的股份数量以"股"为单位，每笔委托股份数量应为3万股以上。投资者证券账户某一股份余额不足3万股的，只能一次性委托卖出。

股份的报价单位为"每股价格"，报价最小变动单位为0.01元。

新三板买卖其实就等于是原始股的买卖，一旦转板上市都会呈现出益价情况。

举个例子：1 元／股在新三板买到 30000 股，用资金 3 万元(未含税费)，而转创业板上市后的开盘价是 50 元／股，即 50×30000=150 万。3 万投资变成 150 万可是暴利。在看到新三板能获取暴利的同时，新三板的风险也很大，一旦公司经营不好被停止交易或退市，3 万元也就无法知道还能不能收回来。

新三板的股票涨跌也很惊人，例如：环拓科技 2011 年 7 月 8 日产生挂牌以来首笔交易，成交价 6 元，较 1 元的挂牌价上涨 500%。这样的情况在新三板比比皆是。

不过，在新三板想买入某公司的股份(股票)，如果该公司没有转让的，投资者也买不到。因此，新三板的投资过程是与 A 股、中小板、创业板不同的。

不仅投资过程不同，分析方法也不同。新三板目前投资过程中还不适用技术分析，只适用基本面分析。

主要分析包括：产业分析，公司研究，公司财务分析等。通过分析判断公司的预期盈利能力，有无转板上市能力等。

在新三板市场买卖股票，准确的说，应当属于"战略投资"。就像在纳斯达克投资的人一样，当时 1 美元买的，过几年后由于公司成长性较好，股价涨到了几百美元，投资人用了较少的投入换取了几百倍的回报。新三板除了转板能获取几十倍或几百倍的收益外，业绩突出的公司自身上涨也会让投资者获得惊人的回报。回报率少则也是几十倍，甚至百倍，看一下新三板的图表便知，在此不一一举例。

不过，在新三板上市的公司多数是成长性较好的企业，并不是成熟的企业。所以，被 ST 或停止交易、抑或退市的风险也较大。因此，投资新三板需要有很强的专业知识和技能。

# 六、交 割

股份过户和资金交收：非担保逐笔结算的方式。

股份和资金到账：T+1 日 16 点后。

# 七、转 托 管

投资者买卖挂牌公司股份，须委托推荐主办券商办理。

投资者卖出股份，须委托代理其买入该股份的推荐主办券商办理。如需委托另一家推荐主办券商卖出该股份，须办理股份转托管手续。

# 八、新三板报价行情信息

中国证券业协会网站，网址一：www.gfzr.com.cn，网址二：bjzr.gfzr.com.cn。

各证券公司的股票分析软件(行情软件)上都有新三板行情。

目前，新三板行情的特点是具有不连续性，多数股票一天只有一次交易，K线都呈现出的是一字K线，阳K线和阴K线都较少(图6-2)。

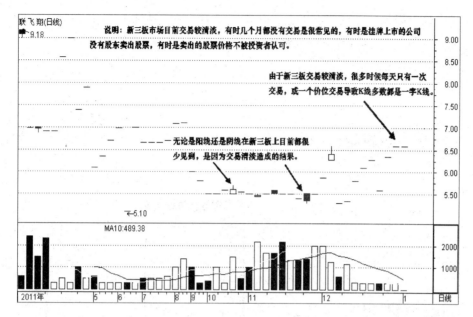

图 6-2 新三板行情报价

而且，多数股票都很长时间没有交易，所以交易数据也不连续，只是有交易的时候和有报价的时候才有数据显示。在一年内多次出现一日多价格成交的更少，但指南针是其中一个(图 6-3)。

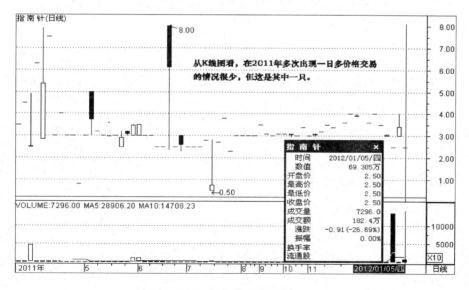

图 6-3 指南针走势图

新三板市场上的很多股票一年内很少有成交，也很少报价。金山顶尖2011年1月5日只有报价没有成交(图6-4)。

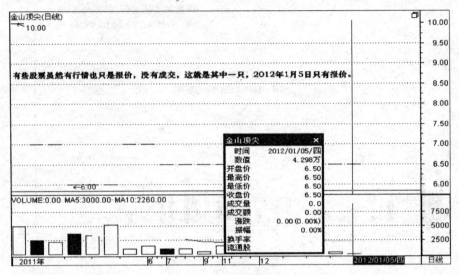

图6-4　金山顶尖走势图

# 九、新三板证券市场目前挂牌上市状况

截至2011年12月31日，共有102家企业通过了证券业协会备案参与试点，其中已转板5家，在交易的97家。目前，总股本32.5698亿股。成交数827笔。成交股数9544.2564万股。成交金额5.6028亿元。

2012年1月5日统计，2011年成功增发总额合计87113.5578万元。

新三板证券市场历年上市家数、股本变化、成交股数、成交金额、成功增发情况等详情见表6-4。

表6-4 新三板证券市场历年情况

| 年 份 | 挂牌公司<br>(家) | 总 股 本 | 成交笔数 | 成交股数<br>(亿股) | 成交金额<br>(亿元) | 定向增发<br>(亿元) |
|---|---|---|---|---|---|---|
| 2006 | 10 | 5.7664 | 235 | 0.1511 | 0.7814?? | 1.1000 |
| 2007 | 24 | 12.3603 | 499 | 0.4325 | 2.2472?? | 0.8190 |
| 2008 | 41 | 18.8634 | 479 | 0.5381 | 2.9259?? | 2.2889 |
| 2009 | 59 | 23.5892 | 874 | 1.0702 | 4.8216?? | 1.3541 |
| 2010 | 74 | 26.8977 | 635 | 0.6886 | 4.1678?? | 5.6198 |
| 2011 | 102 | 32.5698 | 827 | 0.9544 | 5.6028 | 8.7114 |

截止2012年1月6日,新三板市场上97家公司证券代码、股票名称、上市日期情况见表6-5。

表6-5 截止2012年1月6日新三板上市情况

| 证券代码 | 股票简称 | 上市日期 | 序 号 |
|---|---|---|---|
| 430002 | 中科软 | 2006-01-23 | 1 |
| 430003 | 北京时代 | 2006-03-31 | 2 |
| 430004 | 绿创环保 | 2006-06-07 | 3 |
| 430005 | 原子高科 | 2006-07-28 | 4 |
| 430009 | 华环电子 | 2006-11-28 | 5 |
| 430010 | 现代农装 | 2006-12-08 | 6 |
| 430011 | 指南针 | 2007-01-23 | 7 |
| 430012 | 博晖创新 | 2007-02-16 | 8 |
| 430013 | ST羊业 | 2007-03-21 | 9 |
| 430014 | 恒业世纪 | 2007-06-15 | 10 |
| 430015 | 盖特佳 | 2007-06-18 | 11 |
| 430016 | 胜龙科技 | 2007-07-26 | 12 |
| 430017 | 星昊医药 | 2007-08-16 | 13 |
| 430018 | 合纵科技 | 2007-09-19 | 14 |
| 430019 | 新松佳和 | 2007-09-28 | 15 |
| 430020 | 建工华创 | 2007-09-28 | 16 |

续表

| 证券代码 | 股票简称 | 上市日期 | 序 号 |
|---|---|---|---|
| 430021 | 海鑫科金 | 2007-09-28 | 17 |
| 430022 | 五 岳 鑫 | 2007-10-18 | 18 |
| 430024 | 金和软件 | 2007-12-27 | 19 |
| 430025 | 石晶光电 | 2008-01-16 | 20 |
| 430026 | 金豪制药 | 2008-02-18 | 21 |
| 430027 | 北科光大 | 2008-02-18 | 22 |
| 430028 | 京鹏科技 | 2008-04-30 | 23 |
| 430029 | 金 泰 得 | 2008-06-20 | 24 |
| 430030 | 安控科技 | 2008-08-04 | 25 |
| 430031 | 林 克 曼 | 2008-09-01 | 26 |
| 430032 | 凯英信业 | 2008-10-28 | 27 |
| 430033 | 彩讯科技 | 2008-10-28 | 28 |
| 430034 | 大地股份 | 2008-10-28 | 29 |
| 430035 | 中 兴 通 | 2008-10-28 | 30 |
| 430036 | 鼎普科技 | 2008-10-28 | 31 |
| 430037 | 联 飞 翔 | 2008-12-05 | 32 |
| 430038 | 信维科技 | 2008-12-16 | 33 |
| 430039 | 华高世纪 | 2008-12-10 | 34 |
| 430040 | 康 斯 特 | 2008-12-26 | 35 |
| 430041 | 中机非晶 | 2008-12-25 | 36 |
| 430042 | 科 瑞 讯 | 2009-01-15 | 37 |
| 430043 | 世纪东方 | 2009-01-19 | 38 |
| 430044 | 东宝亿通 | 2009-01-12 | 39 |
| 430045 | 东土科技 | 2009-02-18 | 40 |
| 430046 | 圣 博 润 | 2009-02-18 | 41 |
| 430047 | 诺思兰德 | 2009-02-18 | 42 |
| 430048 | 建设数字 | 2009-02-18 | 43 |
| 430049 | 双杰电气 | 2009-02-18 | 44 |
| 430050 | 博朗环境 | 2009-02-18 | 45 |
| 430051 | 九 恒 星 | 2009-02-18 | 46 |
| 430052 | 斯福泰克 | 2009-03-19 | 47 |
| 430053 | 国学时代 | 2009-03-31 | 48 |
| 430054 | 超毅网络 | 2009-04-16 | 49 |
| 430055 | 达通通信 | 2009-04-28 | 50 |

| 证券代码 | 股票简称 | 上市日期 | 序 号 |
|---|---|---|---|
| 430056 | 百慕新材 | 2009-07-01 | 51 |
| 430057 | 清畅电力 | 2009-07-14 | 52 |
| 430058 | 意诚信通 | 2009-08-05 | 53 |
| 430059 | 中海纪元 | 2009-08-18 | 54 |
| 430060 | 永邦科技 | 2009-08-26 | 55 |
| 430061 | 富机达能 | 2009-11-09 | 56 |
| 430062 | 中科国信 | 2010-01-12 | 57 |
| 430063 | 工控网 | 2010-02-08 | 58 |
| 430064 | 金山顶尖 | 2010-03-17 | 59 |
| 430065 | 中 海 阳 | 2010-03-19 | 60 |
| 430066 | 南北天地 | 2010-04-22 | 61 |
| 430067 | 维信通 | 2010-04-29 | 62 |
| 430068 | 纬纶环保 | 2010-06-08 | 63 |
| 430069 | 天助畅运 | 2010-06-23 | 64 |
| 430070 | 赛亿科技 | 2010-07-21 | 65 |
| 430071 | 首都在线 | 2010-08-02 | 66 |
| 430072 | 亿创科技 | 2010-08-31 | 67 |
| 430073 | 兆信股份 | 2010-09-10 | 68 |
| 430074 | 德鑫物联 | 2010-10-08 | 69 |
| 430075 | 中讯四方 | 2010-11-18 | 70 |
| 430076 | 国基科技 | 2010-12-08 | 71 |
| 430077 | 道隆软件 | 2010-12-29 | 72 |
| 430078 | 君德同创 | 2011-01-18 | 73 |
| 430079 | 环拓科技 | 2011-01-21 | 74 |
| 430080 | 尚水股份 | 2011-03-01 | 75 |
| 430081 | 莱富特佰 | 2011-03-03 | 76 |
| 430082 | 博雅英杰 | 2011-03-28 | 77 |
| 430083 | 中科联众 | 2011-03-28 | 78 |
| 430084 | 星和众工 | 2011-03-28 | 79 |
| 430085 | 新锐英诚 | 2011-04-01 | 80 |
| 430086 | 爱迪科森 | 2011-04-08 | 81 |
| 430087 | 威力恒 | 2011-05-31 | 82 |
| 430088 | 七维航测 | 2011-05-31 | 83 |
| 430089 | 天一众合 | 2011-05-31 | 84 |

续表

| 证券代码 | 股票简称 | 上市日期 | 序　号 |
|---|---|---|---|
| 430090 | 同辉佳视 | 2011-06-17 | 85 |
| 430091 | 东方生态 | 2011-06-23 | 86 |
| 430092 | 易生创新 | 2011-06-21 | 87 |
| 430093 | 掌上通 | 2011-07-08 | 88 |
| 430094 | 确安科技 | 2011-07-28 | 89 |
| 430095 | 航星股份 | 2011-08-9 | 90 |
| 430096 | 航天宏达 | 2011-08-30 | 91 |
| 430097 | 赛德丽 | 2011-10-19 | 92 |
| 430098 | 大津股份 | 2011-11-02 | 93 |
| 430099 | 理想固网 | 2011-11-08 | 94 |
| 430100 | 九尊能源 | 2011-12-02 | 95 |
| 430101 | 泰诚信 | 2011-12-02 | 96 |
| 430102 | 科若思 | 2011-12-27 | 97 |

# 十、股份报价转让与现有代办股份转让系统的股份转让和交易所市场的股票交易有哪些不同

　　一是挂牌公司属性不同。目前在代办股份转让系统的挂牌公司仅为原STAQ、NET系统挂牌公司和退市公司，属于公开发行股份未上市的公司。交易所市场的上市公司，按照新修订的证券法规定，是经证券监督管理部门核准公开发行股份，并经交易所审核同意上市的公司。试点报价转让股份的挂牌公司则是中关村科技园区未公开发行股份的非上市股份有限公司。

　　二是转让方式不同。目前代办股份转让系统采用每个转让日集合竞价转让一次的转让方式，交易所市场采用连续竞价的交易方式，两种转让方式都属于集中交易方式。股份报价转让是投资者委托证券公司报价，依据报价寻找买卖对手方，达成转让协议后，再委托证券公司进行股份的成交确认和过户。股份报价转让不提供集中撮合成交服务。

　　三是信息披露标准不同。交易所市场的上市公司信息披露遵循证券法和上市规则的规定，代办股份转让系统挂牌公司的信息披露基本参照上市

公司的标准。股份报价转让的公司并非是上市公司，无须执行证券法对公开发行股份公司信息披露的规定，其信息披露标准要低于上市公司的标准，主要体现在以下几个方面：①公司的财务信息披露，只须披露资产负债表和利润表及其主要项目附注，鼓励其披露更为充分的财务信息；②公司的年度财务报告只须经会计师事务所审计，鼓励其聘任具有证券资格会计师事务所审计；③公司只须披露最近两年的财务报告；④公司只须披露首次挂牌的报价转让报告和后续的年度报告，鼓励其披露半年度报告和季度报告；⑤公司只须在发生对股份转让价格有重大影响的事项时披露临时报告，无须比照上市公司，发生达到一定数量标准的交易就须披露临时报告。

四是结算方式不同。目前代办股份转让系统和交易所市场的结算方式和资金存管方式相同，采用多边净额结算，通过证券登记结算机构和代理证券公司完成股份和资金的交收。股份报价转让采用逐笔全额非担保交收的结算方式，投资者达成转让意向的，买方须保证在结算银行的报价转让结算专用账户存有足额的资金，卖方须保证在报价股份账户中有足额的可转让股份，方可委托证券公司办理成交确认申请。投资者在确认成交前，须对拟成交对手的资信状况进行调查，因买方报价转让结算专用账户或卖方报价股份账户余额不足引起交收失败的，由买卖双方按照约定自行承担责任。股份的交收通过证券登记结算机构和代理证券公司完成，资金的交收由指定结算银行依据证券登记结算机构的指令办理。

# 十一、投资者需要关注哪些特别风险

投资者参与股份报价转让，除关注股票投资的共有风险外，还应特别关注以下几方面的风险：

一是挂牌公司的风险。挂牌公司集中于高新技术行业，技术更新换代较快，对单一技术和核心技术人员的依赖度较高，主营业务收入波动较大。挂牌公司规模普遍较小，经营时间相对较短，抗市场风险和行业风险的能力较弱。

二是流动性风险。股份报价转让由买卖双方自行达成转让协议,存在一定时间内无法成交的可能性。

三是信息风险。对挂牌公司信息披露要求和标准低于上市公司,投资者不应完全依赖挂牌公司所披露的信息做出投资决策。

此外,股份报价转让试点是一项探索性的工作,有关政策和规则须依据试点情况不断调整完善,投资者应该持续关注有关政策和规则的最新变化。

特别要注意,新三板上的公司一旦经营不好就会被 ST 或停止交易,这种情况出现后投资资本就难变现。

例如:原名:中农羊业(430013),现名:ST 羊业(430013),于 2007 年 3 月 21 日在代办股份转让系统进行报价转让。

股份简称:中农羊业

股份代码:430013

开始挂牌报价日期:2007 年 3 月 21 日

但是因中农羊业在 2009 年 4 月 30 日前不能披露 2008 年年报,并且 2009 年 4 月 15 日前没有按时披露年度报告的原因、解决方案及延期披露的最后期限等事项做出公告。广发证券股份有限公司已暂停解除其股东的股份限售登记,特提醒投资者注意投资风险。

之后,中农羊业未能按时披露 2007 年度、2008 年度定期报告,根据中国证券业协会颁布的《证券公司代办股份转让系统中关村科技园区非上市股份有限公司股份报价转让试点办法》(暂行)第六十七条的规定,对公司实行特别处理。自 2009 年 7 月 8 日起,公司股票简称由"中农羊业"变更为"ST 羊业"。

到 2012 年 1 月 6 日,广发证券股份有限公司仍暂停解除北京中农立民羊业科技股份有限公司股东的股份限售登记,该公司的股份将继续被特别处理,特提醒投资者注意投资风险。

投资新三板公司时,一定要仔细研究该公司的基本面,正确评估该公司的投资价值。

# 第七章　新三板证券市场分析方法

# 一、行业分析

在行业内，企业相互制约，一个企业的行为必然会引发竞争反应。因此，在许多行业，企业为了追求战略竞争力和超额利润，都积极投身竞争。如果企业受到挑战，或者有一个显著的改善其市场地位的机会，激烈的竞争行为就不可避免。

对行业经济的运行状况、产品生产、销售、消费、技术、行业竞争力、市场竞争格局、行业政策等行业要素进行深入的分析，从而发现行业运行的内在经济规律，进而进一步预测未来行业发展的趋势。

行业分析是介于宏观经济与微观经济分析之间的中观层次的分析，是发现和掌握行业运行规律的必经之路，是行业内企业发展的大脑，对指导行业内企业的经营规划和发展具有决定性的意义。

分析行业本身所处的发展阶段及其在国民经济中的地位，分析影响行业发展的各种因素以及判断对行业的影响力度，判断行业内企业的投资价值，揭示行业内企业的投资风险，为投资者以及其他机构提供决策依据或投资依据。

在新三板主要分析要投资的企业所属行业目前的行业的发展前景，是否属于朝阳行业，并且属于未来发展前景看好的行业。如果发现要投资的行业属于夕阳行业，并且属于未来发展前景不乐观的行业，就要停止投资。

新三板证券市场上的上市公司，所从事的都是国家高新技术领域内的行业，行业采用技术的先进程度较高，其中新兴行业的多采用新兴技术进行生产，产品技术含量较高。

新三板市场上的公司行业特点是：

(1)技术密集型——技术含量较高。

(2)知识密集型——依靠创意设计等智慧投入。

行业是由许多同类企业构成的群体。如果只进行企业分析，虽然可以知道某个企业的经营和财务状况，但不能知道其他同类企业的状况，无法通过比较知道目前企业在同行业中的位置。

而这在充满着高度竞争的现代经济中是非常重要的。另外，行业所处生命周期的位置制约着或决定着企业的生存和发展。

投资者在考虑新投资时，不能投资到那些快要没落和淘汰的"夕阳"行业。投资者在选择股票时，不能被眼前的景象所迷惑，而要分析和判断企业所属的行业是处于初创期、成长期，还是稳定期或是衰退期，绝对不能购买那些属于衰退期行业的股票。

行业特征是直接决定公司投资价值的重要因素之一。行业分析是新三板挂牌上市公司分析的前提，是连接宏观经济分析和上市公司分析的桥梁。

行业分析的目的是挖掘最具投资潜力的行业，进而选出最具投资价值的新三板上市公司。

由此可见，只有进行行业分析，才能更加明确地知道某个行业的发展状况，以及它所处的行业生命周期的位置，并据此做出正确的投资决策。

不过，行业与经济周期密切相关。宏观经济的运行呈现周期性特点，一个经济周期包括繁荣、衰退、萧条、复苏四个阶段。由于不同行业对于经济周期的敏感性不同，其业绩可能会出现比较大的差异。

通常行业生命周期分为幼稚期、成长期、成熟期和衰退期。一般而言，处于幼稚期的公司比较适合投机者和创业投资者。处于成长期的行业，其增长具有明确性，投资者分享行业成长、获取较高投资回报的可能性比较高。

根据行业与宏观经济周期的关系以及行业自身生命周期的特点，投资者应该选择那些对于经济周期敏感度不高的增长型行业和在生命周期中处于成长期和成熟期的行业。

此外，一个行业的兴衰还会受到技术进步、产业政策、产业组织创新、社会习惯的改变和经济全球化等因素的影响。

# 二、公司研究

研究公司基本面最重要的一步是研究公司发展前景，研究公司的过去，看公司过去的历史积累对未来几年十几年甚至几十年的发展影响，而公司发展前景的好坏往往与行业前景高度相关。所以也要分析公司所在行业的性质，是处于增长时期还是衰退时期。

新三板市场上的公司都是高新企业，都有政策扶持，比一般的公司有竞争优势，特别是科技与政策扶持上的竞争优势能让公司在竞争中立于强势之中。

影响公司经营的宏观要素包括社会、政治、经济、技术、文化、法律、人口、教育等因素。

其中技术是影响公司经营诸因素中最活跃的因素。新技术的出现往往会改变产业结构和战略优势。现今技术的重要特点是，技术发展以高速度在进行，对产业结构的调整产生了强大的冲击波，投资者必须以战略眼光密切注视科学技术前沿的动向和发展趋势。

公司产品的市场需求因素比较复杂，包括某一行业市场的容量，顾客的需求偏好，价格弹性，讨价还价能力，以及市场活力等。

如果公司经营战略实施过程所需各项资源的来源、获取方式和保证程度，具体包括人力资源、能源和原材料、资金、技术与设备、零件和整体服务等。由于资源相对不足，地理配置和国家资源政策等影响，会使公司在供给因素方面形成优势或劣势，制约着公司的资源选择和竞争能力。这就要求投资者了解企业竞争的激烈程度，哪些是关键的竞争者。关键的竞争者可能是行业中的那些最大的公司，也可能是那些最富创新能力的企业，这些竞争对手对要投资的目标公司的影响。

一个公司在经营中是即有机会也有风险。

经营机会是指，有利于实现公司的经营目标的良好条件或客观可能性。这些条件和客观可能性可以通过企业的战略制定与实施变为现实，形成经营机会的因素很多，如新技术、新发明的出现，需求结构的变化，政府的税制及投资政策的改变以及国际关系或贸易环境的改善等。

经营风险是指，公司在创办或经营过程中发生的对未来结果的不确定性，使企业遭受一定的风险损失。国内外一切政治、经济、技术、市场等因素的变化都存在着某种对公司经营成果的不确定性。公司经营风险主要包括筹资风险、投资风险和经营风险。

根据机会和风险程度的大小，公司经营机会与风险可划分为四种。

(1)理想的环境，机会大而风险小。

(2)冒险的环境，机会大而风险也大。

(3)老化的环境，机会小风险也小。

(4)恶化的环境，机会小风险确很大。

因此，投资者在新三板投资前，要关注社会在前进，条件在变化，导致公司所从事的经营活动，既有投资机会，也有投资风险，机会与风险并存。

研究基本需求与需求偏好和市场活力对公司的影响。

消费者购买商品的动机，是商品向他提供的效用，如果出现了效用更好的商品，他会毫不犹豫地改变购买取向。效用高的商品能满足消费者某种特定需要，价格又合理。由于购买力的普遍提高，我国消费品市场需求偏好变化的总趋势，正在由价格偏好转变为功能偏好；由质量偏好转变为服务偏好；由模仿追逐偏好转变为创新时尚偏好。而市场活力受多种因素制约，主要因素是购买力、消费结构和替代产品，购买力和消费结构的变化是确定性的，而替代产品的出现具有不确定性。

投资者可以根据基本需求与需求偏好和市场活力来判断公司产品的市场开拓能力和市场占有率。公司的市场占有率是利润之源，效益好并能长期存在的公司市场占有率高，也即市场份额必然是长期稳定并呈增长趋势的。

在研究新三板市场上的公司是否有投资价值时，只要把握经营、技术、市场活力、机会与风险等综合因素，即可对未来的综合影响产生正确的判断。

对目标公司基本情况进行分析的主要内容有：

(1)公司背景如何。

(2)看看大股东是谁。

(3)看看公司的历史沿革。

(4)了解谁在管理公司。

(5)公司产品有知名度吗。

(6)解读公司财务报表的真实性。

(7)每股收益与往年对比，是最直接的业绩指标。

(8)要关注由于股本发生变化时，每股收益不能体现上市公司经营业绩的真实变化。

(9)要清楚全年每股收益≠中期每股收益×2。

(10)每股净资产体现股票的含金量。

(11)用净资产收益率来作为评判经营效率的硬指标。

(12)纵向比较公司经营业绩变化的同时也要横向比较不同公司经营的优劣。

(13)关注目标公司的财务指标能否达到转板资格线。

# 三、公司财务分析

在新三板市场投资，对公司财务情况进行分析非常重要。通过对财务报告的资产负债表分析、利润表分析、现金流量表分析了解一个公司的经营现状，并进行估值看该公司有无投资价值。

(1)资产负债表分析。主要从资产项目、负债结构、所有者权益结构方面进行分析。

资产主要分析项目有：现金比重、应收账款比重、存货比重、无形资产比重等。

负债结构分析有：短期偿债能力分析、长期偿债能力分析等。

所有者权益结构是分析：各项权益占所有者权益总额的比重，说明投资者投入资本的保值增值情况及所有者的权益构成。

(2)利润表分析。主要从盈利能力、经营业绩等方面分析。

主要分析指标：净资产收益率、总资产报酬率、主营业务利润率、成本费用利润率、销售增长率等。

(3)现金流量表分析。主要从现金支付能力、资本支出与投资比率、现金流量收益比率等方面进行分析。

分析指标主要有：现金比率、流动负债现金比率、债务现金比率、股利现金比率、资本购置率、销售现金率等。

从财务效益分析、资产运营状况分析、偿债能力状况分析和发展能力分析对要投资的目标公司进行价值估值。

(1)对目标公司财务效益状况分析，可以了解目标公司资产的收益能力。资产收益能力是会计信息使用者关心的重要问题，通过对它的分析为投资者、债权人、公司经营管理者提供决策的依据。分析指标主要有，净资产收益率、资本保值增值率、主营业务利润率、盈余现金保障倍数、成本费用利润率等。

(2)对目标公司资产营运状况分析，可了解目标公司资产的周转情况。反映企业占用经济资源的利用效率。分析主要指标有：总资产周转率、流动资产周转率、存货周转率、应收账款周转率、不良资产比率等。

(3)对目标公司偿债能力状况分析，可了解目标公司偿还短期债务和长期债务的能力强弱。是企业经济实力和财务状况的重要体现，也是衡量企业是否稳健经营、财务风险大小的重要尺度。分析主要指标有：资产负债率、已获利息倍数、现金流动负债比率、速动比率等。

(4)对目标公司发展能力状况进行分析，可了解目标公司发展能力，这是关系到了解目标公司的持续生存问题，也关系到投资者未来收益和债权人长期债权的风险程度。分析目标公司发展能力状况的指标有，销售增长率、资本积累率、三年资本平均增长率、三年销售平均增长率、技术投入比率等。

在新三板证券市场，市盈率也是重要的财务参考指标。

市盈率是某种股票每股市价与每股盈利的比率。(市盈率＝普通股每股市场价格÷普通股每年每股盈利)上式中的分子是当前的每股市价，分母可用最近一年盈利，也可用未来一年或几年的预测盈利。市盈率是估计普通股价值的最基本、最重要的指标之一。一般认为该比率保持在20～30之间是正常的，过小说明股价低，风险小，值得购买；过大则说明股价高，风险大，购买时应谨慎。

计算方法：

市盈率(静态市盈率)＝普通股每股市场价格÷普通股每年每股盈利

上式中的分子是当前的每股市价，分母可用最近一年盈利，也可用未来一年或几年的预测盈利。

市盈率越低，代表投资者能够以较低价格购入股票以取得回报。每股盈利的计算方法，是该企业在过去 12 个月的净利润减去优先股股利之后除以总发行已售出股数。

假设某股票的市价为 24 元，而过去 12 个月的每股盈利为 3 元，则市盈率为 24/3=8。该股票被视为有 8 倍的市盈率，即每付出 8 元可分享 1 元的盈利。

投资者计算市盈率，主要用来比较不同股票的价值。理论上，股票的市盈率愈低，愈值得投资。比较不同行业、不同时段的市盈率是不大可靠的。比较同类股票的市盈率较有实用价值。但高市盈率股票多为热门股，低市盈率股票可能为冷门股。

附录一：

# 证券公司代办股份转让系统中关村科技园区非上市股份有限公司股份报价转让试点办法(暂行)

## 第一章 总 则

**第一条** 为规范中关村科技园区非上市股份有限公司(以下简称"非上市公司")股份进入证券公司代办股份转让系统(以下简称"代办系统")报价转让试点工作，根据《中华人民共和国公司法》、《中华人民共和国证券法》等法律、法规，制定本办法。

**第二条** 证券公司从事推荐非上市公司股份进入代办系统报价转让，代理投资者参与在代办系统挂牌的非上市公司股份的报价转让(以下简称"报价转让业务")，适用本办法。

**第三条** 参与股份报价转让试点的非上市公司、证券公司、投资者等应当遵循自愿、有偿、诚实信用原则，遵守本办法及有关业务规则的规定。

**第四条** 证券公司从事非上市公司股份报价转让业务，应勤勉尽责地履行职责。

**第五条** 证券公司应督促挂牌公司按照中国证券业协会(以下简称"协会")规定的信息披露要求履行信息披露义务。挂牌公司可自愿进行更为充分的信息披露。

**第六条** 参与挂牌公司股份报价转让的投资者，应当具备相应的风险识别和承担能力，可以是下列人员或机构：

（一）机构投资者，包括法人、信托、合伙企业等。

（二）公司挂牌前的自然人股东。

（三）通过定向增资或股权激励持有公司股份的自然人股东。

（四）因继承或司法裁决等原因持有公司股份的自然人股东。

（五）协会认定的其他投资者。

挂牌公司自然人股东只能买卖其持股公司的股份。

**第七条** 协会依法履行自律性管理职责，对证券公司从事报价转让业务进行自律管理。

**第八条** 本办法下列用语的含义为：

"主办券商"是指取得协会授予的代办系统主办券商业务资格的证券公司。

"推荐主办券商"是指推荐非上市公司股份进入代办系统挂牌，并负责指导、督促其履行信息披露义务的主办券商。

"挂牌公司"是指股份在代办系统挂牌报价转让的非上市公司。

"报价系统"是指深圳证券交易所提供的代办系统中专门用于为非上市公司股份提供报价和转让服务的技术设施。

### 第二章 股份挂牌

**第九条** 非上市公司申请股份在代办系统挂牌，须具备以下条件：

(一)存续满两年。有限责任公司按原账面净资产值折股整体变更为股份有限公司的，存续期间可以从有限责任公司成立之日起计算。

(二)主营业务突出，具有持续经营能力。

(三)公司治理结构健全，运作规范。

(四)股份发行和转让行为合法合规。

(五)取得北京市人民政府出具的非上市公司股份报价转让试点资格确认函。

(六)协会要求的其他条件。

**第十条** 非上市公司申请股份在代办系统挂牌，须委托一家主办券商作为其推荐主办券商，向协会进行推荐。

申请股份挂牌的非上市公司应与推荐主办券商签订推荐挂牌协议。

**第十一条** 推荐主办券商应对申请股份挂牌的非上市公司进行尽职调查，同意推荐挂牌的，出具推荐报告，并向协会报送推荐挂牌备案文件。

**第十二条** 协会对推荐挂牌备案文件无异议的，自受理之日起五十个工作日内向推荐主办券商出具备案确认函。

**第十三条** 推荐主办券商取得协会备案确认函后，应督促非上市公司在股份挂牌前与证券登记结算机构签订证券登记服务协议，办理全部股份的集中登记。证券登记结算机构是指中国证券登记结算有限责任公司。

**第十四条** 投资者持有的非上市公司股份应当托管在主办券商处。初始登记的股份，托管在推荐主办券商处。主办券商应将其所托管的非上市公司股份存管在证券登记结算机构。

**第十五条** 非上市公司控股股东及实际控制人挂牌前直接或间接持有的股份分三批进入代办系统转让，每批进入的数量均为其所持股份三分之一。进入的时间分别为挂牌之日、挂牌期满一年和两年。控股股东和实际控制人依照《中华人民共和国公司法》的规定认定。

**第十六条** 挂牌前十二个月内控股股东及实际控制人直接或间接持有的股份进行过转让的，该股份的管理适用前条的规定。

**第十七条** 挂牌前十二个月内挂牌公司进行过增资的，货币出资新增股份自工商变更登记之日起满十二个月可进入代办系统转让，非货币财产出资新增股份自工商变更登记之日起满二十四个月可进入代办系统转让。

**第十八条** 因司法裁决、继承等原因导致有限售期的股份发生转移的，后续持有人仍需遵守前述规定。

**第十九条** 股份解除转让限制进入代办系统转让，应由挂牌公司向推荐主办券商提出申请。经推荐主办券商审核同意后，报协会备案。协会备案确认后，通知证券登记结算机构办理解除限售登记。

**第二十条** 挂牌公司董事、监事、高级管理人员所持本公司股份按《中华人民共和国公司法》的有关规定应当进行或解除转让限制的，应由挂牌公司向推荐主办券商提出申请，推荐主办券商审核同意后，报协会备案。协会备案确认后，通知证券登记结算机构办理相关手续。

### 第三章 股份转让
#### 第一节 一般规定

**第二十一条** 挂牌公司股份必须通过代办系统转让，法律、行政法规另有规定的除外。

**第二十二条** 投资者买卖挂牌公司股份，应持有中国证券登记结算有限责任公司深圳分公司人民币普通股票账户。

**第二十三条** 投资者买卖挂牌公司股份，须委托主办券商办理。投资者卖出股份，须委托代理其买入该股份的主办券商办理。如需委托另一家主办券商卖出该股份，须办理股份转托管手续。

**第二十四条** 挂牌公司股份转让时间为每周一至周五上午 9:30～11:30，下午 13:00～15:00。遇法定节假日和其他特殊情况，暂停转让。

**第二十五条** 投资者买卖挂牌公司股份，应按照规定交纳相关税费。

第二节 委 托

**第二十六条** 投资者买卖挂牌公司股份，应与主办券商签订代理报价转让协议。

**第二十七条** 投资者委托分为意向委托、定价委托和成交确认委托。委托当日有效。意向委托是指投资者委托主办券商按其指定价格和数量买卖股份的意向指令，意向委托不具有成交功能。定价委托是指投资者委托主办券商按其指定的价格买卖不超过其指定数量股份的指令。成交确认委托是指投资者买卖双方达成成交协议，或投资者拟与定价委托成交，委托主办券商以指定价格和数量与指定对手方确认成交的指令。

**第二十八条** 意向委托、定价委托和成交确认委托均可撤销，但已经报价系统确认成交的委托不得撤销或变更。

**第二十九条** 意向委托和定价委托应注明证券名称、证券代码、证券账户、买卖方向、买卖价格、买卖数量、联系方式等内容。成交确认委托应注明证券名称、证券代码、证券账户、买卖方向、成交价格、成交数量、拟成交对手的主办券商等内容。

**第三十条** 委托的股份数量以"股"为单位，每笔委托股份数量应为 3 万股以上。投资者证券账户某一股份余额不足 3 万股的，只能一次性委托卖出。

**第三十一条** 股份的报价单位为"每股价格"。报价最小变动单位为 0.01 元。

第三节 申 报

**第三十二条** 主办券商应通过专用通道，按接受投资者委托的时间先后顺序向报价系统申报。

**第三十三条** 主办券商收到投资者卖出股份的意向委托后，应验证其证券账户，如股份余额不足，不得向报价系统申报。主办券商收到投资者定价委托和成交确认委托后，应验证卖方证券账户和买方资金账户，如果卖方股份余额不足或买方资金余额不足，不得向报价系统申报。

**第三十四条** 主办券商应按有关规定保管委托、申报记录和凭证。

### 第四节 成　　交

**第三十五条** 投资者达成转让意向后，可各自委托主办券商进行成交确认申报。投资者拟与定价委托成交的，可委托主办券商进行成交确认申报。

**第三十六条** 报价系统收到主办券商的定价申报和成交确认申报后，验证卖方证券账户。如果卖方股份余额不足，报价系统不接受该笔申报，并反馈至主办券商。

**第三十七条** 报价系统收到拟与定价申报成交的成交确认申报后，如系统中无对应的定价申报，该成交确认申报以撤单处理。

**第三十八条** 报价系统对通过验证的成交确认申报和定价申报信息进行匹配核对。核对无误的，报价系统予以确认成交，并向证券登记结算机构发送成交确认结果。

**第三十九条** 多笔成交确认申报与一笔定价申报匹配的，按时间优先的原则匹配成交。

**第四十条** 成交确认申报与定价申报可以部分成交。成交确认申报股份数量小于定价申报的，以成交确认申报的股份数量为成交股份数量。定价申报未成交股份数量不小于 3 万股的，该定价申报继续有效；小于 3 万股的，以撤单处理。成交确认申报股份数量大于定价申报的，以定价申报的股份数量为成交股份数量。成交确认申报未成交部分以撤单处理。

### 第五节 结　　算

**第四十一条** 主办券商参与非上市公司股份报价转让业务，应取得证券登记结算机构的结算参与人资格。

**第四十二条** 股份和资金的结算实行分级结算原则。证券登记结算机构根据成交确认结果办理主办券商之间股份和资金的清算交收；主办券商负责办理其与客户之间的清算交收。主办券商与客户之间的股份划付，应当委托证券登记结算机构办理。

**第四十三条** 证券登记结算机构按照货银对付的原则，为非上市公司股份报价转让提供逐笔全额非担保交收服务。

**第四十四条** 证券登记结算机构在每个报价日终根据报价系统成交确认结果，进行主办券商之间股份和资金的逐笔清算，并将清算结果发送各主办券商。

**第四十五条** 主办券商应根据清算结果在最终交收时点之前向证券登记结算机构划付用于交收的足额资金。

**第四十六条** 证券登记结算机构办理股份和资金的交收，并将交收结果反馈给主办券商。由于股份或资金余额不足导致的交收失败，证券登记结算机构不承担法律责任。

**第四十七条** 投资者因司法裁决、继承等特殊原因需要办理股份过户的，依照证券登记结算机构的规定办理。

### 第六节　报价和成交信息发布

**第四十八条** 股份转让时间内，报价系统通过专门网站和代办股份转让行情系统发布最新的报价和成交信息。主办券商应在营业网点揭示报价和成交信息。

**第四十九条** 报价信息包括：委托类别、证券名称、证券代码、主办券商、买卖方向、拟买卖价格、股份数量、联系方式等。成交信息包括：证券名称、证券代码、成交价格、成交数量、买方代理主办券商和卖方代理主办券商等。

### 第七节　暂停和恢复转让

**第五十条** 挂牌公司向中国证券监督管理委员会申请公开发行股票并上市的，主办券商应当自中国证券监督管理委员会正式受理其申请材料的次一报价日起暂停其股份转让，直至股票发行审核结果公告日。

**第五十一条** 挂牌公司涉及无先例或存在不确定性因素的重大事项需要暂停股份报价转让的，主办券商应暂停其股份报价转让，直至重大事项获得有关许可或不确定性因素消除。因重大事项暂停股份报价转让时间不得超过三个月。暂停期间，挂牌公司至少应每月披露一次重大事项的进展情况、未能恢复股份报价转让的原因及预计恢复股份报价转让的时间。

### 第八节 终止挂牌

**第五十二条** 挂牌公司出现下列情形之一的，应终止其股份挂牌：

(一)进入破产清算程序。

(二)中国证券监督管理委员会核准其公开发行股票申请。

(三)北京市人民政府有关部门同意其终止股份挂牌申请。

(四)协会规定的其他情形。

### 第四章 主办券商

**第五十三条** 证券公司从事非上市公司股份报价转让业务，应取得协会授予的代办系统主办券商业务资格。

**第五十四条** 证券公司申请代办系统主办券商业务资格，应满足下列条件：

（一）最近年度净资产不低于人民币 8 亿元，净资本不低于人民币 5 亿元；

（二）具有不少于 15 家营业部。

（三）协会规定的其他条件。

**第五十五条** 主办券商推荐非上市公司股份挂牌，应勤勉尽责地进行尽职调查和内核，认真编制推荐挂牌备案文件，并承担推荐责任。

**第五十六条** 主办券商应持续督导所推荐挂牌公司规范履行信息披露义务、完善公司治理结构。

**第五十七条** 主办券商发现所推荐挂牌公司及其董事、监事、高级管理人员存在违法、违规行为的，应及时报告协会。

**第五十八条** 主办券商与投资者签署代理报价转让协议时，应对投资者身份进行核查，充分了解其财务状况和投资需求。对不符合本办法第六条规定的投资者，不得与其签署代理报价转让协议。主办券商在与投资者签署代理报价转让协议前，应着重向投资者说明投资风险自担的原则，提醒投资者特别关注非上市公司股份的投资风险，详细讲解风险揭示书的内容，并要求投资者认真阅读和签署风险揭示书。

**第五十九条** 主办券商应采取适当方式持续向投资者揭示非上市公司

股份投资风险。

**第六十条** 主办券商应依照本办法第六条的规定，对自然人投资者参与非上市公司股份转让的合规性进行核查，防止其违规参与挂牌公司股份的转让。一旦发现自然人投资者违规买入挂牌公司股份的，应督促其及时卖出。

**第六十一条** 主办券商应特别关注投资者的投资行为，发现投资者存在异常投资行为或违规行为的，及时予以警示，必要时可以拒绝投资者的委托或终止代理报价转让协议。主办券商应根据协会的要求，调查或协助调查指定事项，并将调查结果及时报告协会。

### 第五章 信息披露

**第六十二条** 挂牌公司应按照本办法及协会相关信息披露业务规则、通知等的规定，规范履行信息披露义务。

**第六十三条** 挂牌公司及其董事、信息披露责任人应保证信息披露内容的真实、准确、完整，不存在虚假记载、误导性陈述或重大遗漏。

**第六十四条** 股份挂牌前，非上市公司至少应当披露股份报价转让说明书。股份挂牌后，挂牌公司至少应当披露年度报告、半年度报告和临时报告。

**第六十五条** 挂牌公司披露的财务信息至少应当包括资产负债表、利润表、现金流量表以及主要项目的附注。

**第六十六条** 挂牌公司披露的年度财务报告应当经会计师事务所审计。

**第六十七条** 挂牌公司未在规定期限内披露年度报告或连续三年亏损的，实行特别处理。

**第六十八条** 挂牌公司有限售期的股份解除转让限制前一报价日，挂牌公司须发布股份解除转让限制公告。

**第六十九条** 挂牌公司可参照上市公司信息披露标准，自愿进行更为充分的信息披露。

**第七十条** 挂牌公司披露的信息应当通过专门网站发布，在其他媒体披露信息的时间不得早于专门网站的披露时间。

## 第六章 其他事项

**第七十一条** 挂牌公司申请公开发行股票并上市的，应按照证券法的规定，报中国证券监督管理委员会核准。

**第七十二条** 挂牌公司可以向特定投资者进行定向增资，具体规则由协会另行制定。

**第七十三条** 挂牌公司控股股东、实际控制人发生变化时，其推荐主办券商应及时向协会报告。

**第七十四条** 挂牌公司发生重大资产重组、并购等事项时，应由主办券商进行督导并报协会备案。

## 第七章 违规处理

**第七十五条** 主办券商违反本办法的规定，协会责令其改正，视情节轻重予以以下处理，并记入证券公司诚信信息管理系统：

（一）谈话提醒。

（二）通报批评。

（三）暂停受理其推荐挂牌备案文件。

**第七十六条** 主办券商的相关业务人员违反本办法的规定，协会责令其改正，视情节轻重予以以下处理，并记入证券从业人员诚信信息管理系统：

（一）谈话提醒。

（二）通报批评。

（三）暂停从事报价转让业务。

（四）认定其不适合任职。

（五）责令所在公司给予处分。

**第七十七条** 主办券商及其相关业务人员开展业务，存在违反法律、法规行为的，协会将建议中国证券监督管理委员会或其他机关依法查处；构成犯罪的，依法追究刑事责任。

## 第八章 附　则

**第七十八条** 本办法由协会负责解释。

**第七十九条** 本办法经中国证券监督管理委员会批准后生效，自2009年7月6日起施行。

附录二：

除另有约定外，本文中下列词语仅具有下列所赋予的含义。

(1) 非上市公司：是指中关村科技园区非上市股份有限公司。

(2) 报价转让业务：证券公司从事推荐非上市公司股份进入代办系统报价转让，代理投资者参与在代办系统挂牌的非上市公司股份的报价转让。

(3) 主办券商：取得协会授予的代办系统主办券商业务资格的证券公司。

(4) 推荐主办券商：推荐非上市公司股份进入代办系统挂牌，并负责指导、督促其履行信息披露义务的主办券商。

(5) 报价系统：深圳证券交易所提供的代办系统中专门用于为非上市公司股份提供报价和转让服务的技术设施。

(6) 协会：中国证券业协会。

(7)《试点办法》：《证券公司代办股份转让系统中关村科技园区非上市股份有限公司股份报价转让试点办法(暂行)》。

(8)《推荐挂牌规则》：《主办券商推荐中关村科技园区非上市股份有限公司股份进入证券公司代办股份转让系统挂牌业务规则》。

(9)《信息披露规则》：《股份进入证券公司代办股份转让系统报价转让的中关村科技园区非上市股份有限公司信息披露规则》。

(10) 高级管理人员：甲方董事、监事、经理、副经理、财务负责人、董事会秘书及负责信息披露事务的人员。